HERMAN VAN VEEN

Für einen Kuss von Dir

HERMAN VAN VEEN

FÜR EINEN KUSS VON DIR

*aus dem Niederländischen
von Sabine Carolin Richter*

Texte: Herman van Veen, © Zang Beheer Bv Soest
Deutsche Texte: Sabine Carolin Richter
Redaktion: Roger Hendriks
Foto: © Pim Ras
Umschlag- und Layoutentwurf: Sabine Carolin Richter
Fotobearbeitung: Sabine Carolin Richter
Layout: Roger Hendriks
Druck: Erste Auflage, August 2012
    Zweite Auflage, Oktober 2012
Vertrieb: orange-press, Freiburg
Verlag: Uitgeverij Harlekijn Holland, Soest

ISBN: 978-3-936086-70-6

Alle Rechte vorbehalten.

Für Femmeke

Inhalt

1	Für einen Kuss von Dir	17
2	Winde	18
3	Langsam leben	22
4	James	25
5	Lieber Himmel	30
6	Ich komme nie mehr von dir los	32
7	Geburtstag	38
8	Der Moment	42
9	Eine andere Art Mensch	46
10	Ferien	52
11	Vom Guten und Bösen	55
12	Lieber Tisch	63
13	Das ist von Vivaldi	65
14	Ostern	71
15	Augenblick	73
16	Darf ich einen Zwieback...	76
17	Kahl	79
18	Dann hat der Rauch aus sich eine Wolke gemacht	83

19	Dichter	89
20	Das Beste ist gerade gut genug	92
21	Onkel Wim	96
22	Verliebt	99
23	Ich brauche deine Hilfe	102
24	Märchen	107
25	Polemik	111
26	Das ist nicht mein Bruder	114
27	Das Nichts	119
28	Freundin	127
29	Zukunft	130
30	Ja, ich will	134
31	Patricia	138
32	Abschlussprüfung	142
33	Verirren verboten	144
34	Kalt	146
35	Die Mutter von Toon Hermans	155
36	Zimmermädchen	160
37	In diesem Zimmer	163
38	Jan	166
39	Glauben sie mir	168
40	Der letzte Schnee	171
41	Guten Abend	173

42	Gedanken	175
43	Grippe	178
44	Rukuku	181
45	Monopoly	183
46	Unsinn	190
47	Ich werde ganz still sein	199
48	Der Pferdemetzger	205
49	Alles klar	209
50	Komm nur herein	217
51	Eine Frau fegt die Terrasse	221
52	Perlhühner	230
53	Anders	233
54	Was ist los?	237
55	Auf dem Schminktisch	242
56	Wer sagt mir, was die Liebe ist?	245
57	MacWorld	247
58	Der Brief	253
59	Weihnachtskarte	257
60	Amadeus	261
61	Metamorphose	265
62	Rammbock	269
63	Haben Sie *Das Kapital* von Karl May?	277
64	Glückliches neues Jahr	285

Vermerke	289
Personenregister	299
Biografie	307

Nichts entgeht den Regeln.

„Jungs, jetzt, da ihr wieder ein weiteres Jahr hinter euch lasst, nähert ihr euch um ebensoviel dem Eintritt in eine Welt voller Unrecht, Beleidigung, Unbill, Arbeitslosigkeit, eine Welt, in der die Ungerechten Macht ausüben, und die Unwissenden herrschen.
Aber es gibt einen inneren Frieden, dem nichts etwas anhaben kann; den keine Beleidigung verletzen, keine Verderbnis entweihen kann.
Haltet an ihm fest; er ist, was eure kindliche Unschuld einst war und was euer Erwachsensein einst sein soll."[1]

Umarmung,
Opa

-1-
FÜR EINEN KUSS VON DIR

Wenn du kein Meer hast,
ich male dir eins.
Fehlt dir der Himmel,
ich glaube ihn dir.
Hast du keinen Ort,
ich atme dir einen.
Hast du keine Worte,
ich küsse dir eins,
zwei, drei, vier,
fünf, sechs, sieben...

-2-
WINDE

Sie fragen uns, ob wir gut gegessen haben, ob unsere Jacken auch warm genug seien, sie haben Küsschen für die vielen Wehwehchen, geben dem Schwesterchen ein Püppchen, die Brüderchen bekommen Eisenbahnen. Sie fragen: „Wirst du auch nicht mit fremden Männern mitgehen?" und verlangen stets, vor dem Dunkelwerden bitte daheim zu sein. Sie wissen, wie man Flecken aus dem Hemd herausbekommt, Perlen auf eine Schnur fädelt, wo der Salat am billigsten ist und was an der Kirche gut ist und was falsch. Sie sitzen an deinem Bett, wenn du Fieber hast, und sagen: „Schatz, dein Vater hatte das auch." Sie weinen bei der Nationalhymne und wenn alte Filmstars sterben. Sie sind traurig, wenn jemand dumm über Ausländer redet und wenn du an einem Sommertag heiratest. Sie wissen immer genau, was es wird, wenn man schwanger ist und was in diesem Zustand besser unterlassen werden sollte. In ihren Augen wirst du niemals älter als ungefähr elf. Sie halten von dir mehr als von sich selbst und sagen ernst: "Achte meine Worte, du wirst noch an mich denken, wenn ich nicht mehr bin." Mütter.

Jung zu sterben, das war für meine Mutter nicht mehr möglich. Sie war schon achtzig und öfter und öfter krank. Kein Kraut war gegen den Verschleiß gewachsen.
„Herman, würdest du bitte mit mir zum Krankenhaus fahren? Mein Darm macht gehörigen Ärger."

Als wir das Wartezimmer des Krankenhauses betraten, saß uns eine betagte Frau, nicht viel älter als meine Mutter, gegenüber.
Sie blätterte in der Libelle und hielt ab und zu inne, um einen Pups zu lassen. Mei-

ne Mutter und ich trauten unseren Ohren nicht. Die kleine Dame gegenüber störte das aber überhaupt nicht. Für sie war das scheinbar die normalste Sache der Welt. Sie las weiter, ganz so, als ob ihr überhaupt nichts entwichen wäre. Wir konnten nicht mehr. Nach jedem neuen Pups bogen wir uns vor Lachen und meiner Mutter liefen die Tränen über die Wangen.

„Frau van Beusekom?"
Die kleine Dame erhob sich und verschwand flugs im Sprechzimmer des Darmdoktors, so wie meine Mutter den Gastroenterologen nannte. Zwanzig Minuten später kam sie wieder heraus, trippelte zum Lift und ließ, kurz bevor sie durch die Schiebetüren verschwand, zum Abschied noch einen verblüffend langen... Ich lachte mich schlapp.

„Frau van Veen bitte!"
Meine Mutter erhob sich, nahm aus ihrer Tasche ein tadellos gebügeltes Taschentuch, trocknete sich ihre Augen damit, strich sich

mit der Rückseite ihrer Hand den Rock zurecht und lief vor der Arzthelferin ins Zimmer des Spezialisten hinein, während ich noch ein Weilchen nachkicherte.

Eine halbe Stunde später kam Mama wieder heraus.
„Und?", fragte ich.
„Schrecklich, so eine Untersuchung ist echt nix."
Sie hatte noch nicht ganz ausgesprochen, da ließ sie einen eindrucksvollen Pups. Meine Mutter schaute mich giftig an und zischte:
„Wage dir ja nicht, zu lachen!"

-3-
LANGSAM LEBEN

*M*ein ältester Enkelsohn schreibt auf seinem Laptop, ohne auf seine Finger zu schauen. Seine Augen starren auf den Schirm, während er beinahe fehlerfrei seine Befehle eintippt. Eine Freundin erzählte mir kürzlich, dass Kinder in den Vereinigten Staaten durchschnittlich sieben Stunden am Tag vor einem solchen Bildschirm sitzen. Das will man sich nicht vorstellen! Meinem Enkelsohn erlaubt seine Mutter höchstens ein Stündchen pro Tag.

Das Schreiben meiner ersten Worte begann ich seinerzeit noch mit Griffel und Schiefertafel. So lernte man, genau wie es der Dichter Remco Campert sagte: „Schrägstriche setzen, weiße Regenstriche auf dem dunklen Himmel aus Schiefer." So wie er, erinnere auch ich mich an das Schwammdöschen und wie man mit dem nassen Schwamm alle Schrägstriche wieder wegwischen und hinterher mit einer absolut sauberen Tafel von vorn beginnen konnte.

Später durfte ich schließlich auf Linienpapier mit einem Bleistift Wörter aufschreiben oder gar sehr vornehm mit einer Schreibfeder, die man in ein Tintenfässchen tunkte, das geschickt in der Tischplatte verborgen war. Apfel, Nuss, Nudeln, Oma am Zaun..., Wörter und Sätze, diktiert von Fräulein Bos oder Fräulein Langhout von der Montessorischule. Wir bekamen eigene Hefte, Kugelschreiber, Füller, eine Schreibmaschine mit Durchschlagpapier. Mit ihr konnte man mit nur einem Mal Tippen gleich zwei Blätter schreiben. Das war damals unser Computer. Heute ist es der Laptop. Man kann durch die Luft schreiben und was man denkt, steht eine Sekunde später auf Twitter oder Facebook. Dort darf dann die ganze Welt lesen, was man soeben gedacht hat. Ich schaue zu dem Bürschlein, das meiner Tochter so ähnelt und denke an die Zeit, als wir noch langsam lebten.

Glück ist,
heute noch Dinge
auf Papier schreiben zu wollen,
das nach Bäumen riecht,
mit einem Bruynzeel Bleistift,
den man zuvor erst anspitzen muss.
Und dass dann Bilder
in den Worten erscheinen,
und du das nicht fassen kannst
und wissen willst,
wie das alles endet,
und dass du deshalb
weiterschreiben musst.

-4-
JAMES

*C*harlie Chaplin, Komiker von Weltformat, starb am ersten Weihnachtstag, frühmorgens im Schlaf. Sein Herz blieb einfach stehen. Er war damals achtundachtzig Jahre. Am achten März 1978 wurde seine Leiche gestohlen. Die Diebe hatten geplant, Lösegeld zu erpressen. Dies scheiterte und die Ganoven wurden verhaftet. Die Leiche wurde elf Wochen später am Genfer See wieder aufgefunden und unter einhundertachtzig Zentimeter Beton erneut begraben.

Chaplin hatte in den Zwanziger Jahren einmal an einem Charlie Chaplin Doppelgänger-Wettbewerb teilgenommen. Er kam nicht einmal ins Finale. Der Künstler warnte damals mit seinem Film *Moderne Zeiten* (1936) vor der Robotisierung der Arbeitsprozesse, die eine Arbeitslosigkeit von Fleisch und Blut zur Folge hätte. Seine heute vergilbten Filme bersten vor dieser Aktualität, aber kaum irgendjemand sieht oder beachtet das. Braucht die streitende Masse von damals und heute überhaupt noch Kunst? Wofür? – könnte man sich fragen.

Mit Liedern singt man den Krieg nicht zu Ende sang ich vor ein paar Jahren den Text von Mitmahner Freek de Jonge. Doch ich kann weder aufhören ‚vergeblich' zu singen noch mit meiner Geige anstelle von Sternen Starfighters vom Himmel zu streichen.

Nichts ist ohne Bedeutung, was es auch ist. Ich glaube daran, dass jeder Fluch, dass jeder Kuss etwas bewirkt. Alles besteht weiter. Auch Charlie Chaplin. Er beispielsweise hat einen Enkel, der James heißt...

Meine Frau starrt mit verträumtem Blick über den gedeckten Tisch auf einen imaginären Punkt in der Ferne. Seit sie heute Mittag heimgekommen ist, läuft sie wie abwesend durchs Haus, nimmt ein welkes Blatt von den gestrigen Blumen und lässt es gedankenverloren auf den Boden fallen. Legt einige Bücher, die doch schon recht ordentlich gestapelt lagen, noch ordentlicher übereinander.

Ich erzähle ihr enthusiastisch von einem Artikel, den ich gerade in der Zeitung lese. Obama sagt darin: „Gebrauche keine verletzenden Worte sondern heilende." Meine Frau hört mich nicht und als ich sie frage, was denn los sei, fragt sie flüchtig: „Was?" Gestern Abend war sie in einer Vorstellung im Théâtre de Namur, in einer Vorstellung von Charlie Chaplins Enkelsohn James Thiérrée. Schon am Telefon hatte sie nicht aufgehört, von ihm zu reden.

„Er tanzt, er spielt, ist Jongleur, Akrobat, er ist regelrecht ein Einmannzirkus, einfach prächtig, du hättest das sehen sollen."

Heute Nacht im Bett hörte ich sie im Schlaf murmeln. „James…, James."

Ich habe James einst gesehen, als er noch ein Junge war. Er trat zu jener Zeit mit seiner Mutter Victoria Chaplin in einer Avant Garde Varieté-Vorstellung irgendwo in Berlin auf. Ich fand ihn damals schon faszinierend, war mir jedoch nicht wirklich sicher, ob das möglicherweise auch daran lag, dass ich wusste, dass sein Großvater der große Meister war.
Am Morgen beim Frühstück standen ihre Augen noch immer auf dem Stand Théâtre de Namur.

„Hast du von ihm geträumt?", erkundigte ich mich ganz nebenbei.

„Von wem?", fragte sie.

„Von ihm, du weißt schon."

„Ja", antwortete sie, „ihr müsst euch unbedingt kennenlernen. Es gab da einen Moment in seiner Vorstellung, da hatte ich das Gefühl, dass er allein nur für mich spielte. Weißt du, ihr ähnelt einander wirklich sehr. Natürlich, er ist viel jünger und hat einen großartigen Kopf, mit Haaren und so und tiefbraunen Augen..., aber doch irgendwie..."

Ich strich abwesend über meinen Kopf, und sie schenkte sich noch etwas Kaffee in ihren Tee.

-5-
Lieber Himmel

*A*uf unserem WC hängt gegenüber der Kloschüssel eine Bleistiftzeichnung von einem Paterchen und einem Nönnchen. Sie laufen auf der Illustration kichernd Hand in Hand durch ein Feld mit fröhlichen Blumen. Ich schickte einst dem Zeichner als Dankeschön ein A4 Blatt, auf dem geschrieben stand, wie es angeblich mit den beiden weiterging.

Nachdem sich also eines späten Sommerabends das Paterchen in das Nönnchen und das Nönnchen in das Paterchen verliebt hatte, fragten sie den lieben Gott: „Was nun?" Und Gott schickte ihnen einen winzigen Sonnenstrahl, der auf ein kleines Vogelnest in der Hecke schien und irgendwo in der Ferne konnte man Glocken läuten hören. Das Paterchen schaute das Nönnchen an. Das Nönnchen schaute das Paterchen an und hinter Tränen glitzerten Lichtlein in ihren Augen. Sie sagten *Tschüss!* und *Dankeschön!* und gingen dann Arm in Arm über den langen Weg entlang der Weißdornhecken weg von dem großen grauen Kloster.

Sie mieteten sich ein Häuschen in einer Straße und dort leben sie noch immer mit einem Knaben, der seiner Mutter gleicht und einem Mädchen, das dem Opa ihres Vaters ähnelt. Der Junge heißt Piet, das Mädchen Truus. Und jeden Morgen, wenn sie aufgestanden sind, gehen sie zu viert in ihren Garten, der so hoch ist wie der Himmel, bilden einen Kreis, fassen sich an den Händen, sagen: *Guten Tag!* und *Dankeschön!* und zwinkern dann, ein jeder auf seine Weise, dem Himmel zu.

-6-
ICH KOMME NIE MEHR VON DIR LOS

*E*s wird berichtet, dass es in den Vereinigten Staaten siebenhunderttausend Ärzte gibt, die neben all dem Guten, das sie tun, natürlich auch Fehler machen. Durch diese Versehen sterben in der amerikanischen Praxis an die 120.000 Patienten pro Jahr. Das ist, laut US Department of Health and Human Services, 0,171 Toter pro Doktor.

In den USA haben achtzig Millionen Menschen eine Waffe. Die Anzahl tödlicher Waffenunfälle beträgt 1.500 pro Jahr. Umgerechnet ist das 0,188 Toter pro Waffenbesitzer.

Ärzte sind also statistisch gesehen neunzehntausend Mal gefährlicher als Waffenbesitzer.

Herman van Veen – Für einen Kuss von Dir

Meine Mutter war alt und sie war es müde, auf den Tod zu warten. Der Tod ängstigte sie nicht, das schmerzhafte Sterben aber wohl. Sie war fest davon überzeugt, dass sie nach dem Sterben ihre Mutter wiedersehen würde. Mein Vater, meine Mutter, meine Schwestern und ich sprachen mit den Ärzten des Krankenhauses über ‚Hilfsmöglichkeiten'. Ich wusste zu dem Zeitpunkt noch nicht, dass meine Tochter schwanger war. Noch vor dem Wochenende wollten wir über die Möglichkeit von Euthanasie sprechen. An jenem Freitagmorgen erfuhr ich auch, dass Babette ein Baby bekommen würde. Darum fragte ich den Stationsarzt, wie viel Zeit meiner Mutter noch bleiben würde. Es war schwer zu sagen. Wahrscheinlich sei es eine Frage von Monaten. Kurz darauf berichtete ich meiner Mutter in ihrem Zimmer von der frohen Kunde. Sie biss auf ihre Unterlippe, drehte den Kopf zum Fenster, schloss ihre Augen und sagte anschließend, dass sie das Gespräch über Hilfsmöglichkeiten nun nicht mehr möchte.

Meine Tochter wollte daheim entbinden, auch wenn ich die Idee nicht so toll fand. Bei der Geburt unseres jüngsten Sohnes befand es der Hausarzt im letzten Augenblick als doch sicherer, ins Krankenhaus zu gehen. Auch dort war es spannend, doch es verlief letztendlich alles perfekt. Wir waren scheinbar auf der guten Seite der Statistik.

Als unsere Tochter kurz vor der Entbindung stand, spielten wir gerade in Hoogeveen. Ich hatte mit dem Tonmeister abgesprochen, dass er drei Mal mit einer Taschenlampe blinken sollte, wenn die Wehen eingesetzt hätten. Mitten im Schlusslied hörte ich mich selbst sagen: „Die Wehen haben eingesetzt." Bin noch während dem Applaus von der Bühne gerannt, durch die Veluwe gerast, wurde dabei kurz von einer Wildsau mit ihren sieben Frischlingen aufgehalten, konnte aber glücklicherweise haarscharf dran vorbei. Ich habe anschließend meinen Vater in Utrecht abgeholt und wir sind mit seiner Kamera im Anschlag mitten in der Nacht nach Maarsen gedüst.

Daheim bei meiner Tochter begegnete ich auf der Treppe meiner Exfrau und ihrem Mann. Sie gratulieren mir zu unserem ersten Enkelsohn. Ein Gefühl von Glück und Fassungslosigkeit bemächtigte sich meiner. Auf irgendeine Weise hatte ich mir total nicht vorstellen können, dass meine Tochter das Kind tatsächlich ohne mich zur Welt bringen könnte.

Ein Kind austragen, neun Monate,
Tag und Nacht, ist das nicht schwer?
Hab mal gelesen, dass das weh tut,
nicht nur'n bisschen, sondern sehr.
Ein kleines Kindchen wachsen fühlen,
was ist das für ein Gefühl?

Herman van Veen – Für einen Kuss von Dir

Ach, wie wenig wissen Väter.
Für einen Vater ist's ein Kinderspiel.

Ein Kindchen wiegen, ist das lästig?
Ein Breichen kochen, wie tut man das?
Wie bringt man's bei
in den Topf zu machen?
Wie setzt man so ein Kind ins Bad?
Es hat schon wieder, wieder Schnupfen,
und die Pamper ist klitschnass.
Hat es jetzt Durst oder Hunger,
ist es müde, wie weiß man das?

Will es Milch oder Wasser,
einen Apfel, eine Birne
ein Stückchen Brot?
Woher kommen jetzt nur die Tränen?
Warum ist der Po so rot?
Vater muss noch so viel lernen.
Komm, nimm das Kind auf deinen Schoß.
Wieg es sanft in deinen Armen.
Bevor du es merkst,
ist das Kind schon groß[2].

Wir haben noch fröhlich Aufnahmen von Mama und Kind gemacht, um sie am folgenden Morgen meiner Mutter im Krankenhaus zu zeigen. Die Videokameras hatten damals noch nicht solche Ausklappschirmchen, ich fand es jedoch ganz und gar unproblematisch, einfach den Fernseher mitzunehmen. Meine Mutter beschaute sich die Aufnahmen ihres ersten Enkelchens mit ernsten Augen. War auch alles dran? Sie guckte erst meinen Vater und danach mich an. Ihre Hand suchte nach den unseren. Auf dem Krankenhausgang pfiff jemand Blackbird von den Beatles.

„Bist du froh?" fragte mein Vater nach einer Weile. Meine Mutter nickte.

Zwei Wochen später ist sie gestorben.

-7-
GEBURTSTAG

*I*n meinem Kopf ist Jahrmarkt. Mit Riesenrad, Geisterbahn, Schießbuden und einer Frau mit Bart und drei Brüsten. Ein Kaufmann mit Ballons, ein Liliput, ein Bär, der für 'nen Groschen tanzt. Auf dem Jahrmarkt in meinem Kopf laufen Eltern mit einem Knaben, der sich selbst in gewölbten Spiegeln beschaut. Mal so dünn wie Gevatter Tod, mal so breit wie die dicke Bertha.

Ich höre Lachen und Fluchen, Leierkästen, Streitigkeiten, Gebimmel und Mundharmonikas. Auf dem Jahrmarkt in meinem Kopf riecht es nach Kastanien, Zimt und Schokolade, nach Schweiß und Bier, nach nassen Regenjacken und Sunlight Seife, nach Rauchwurst und nach Pisse. Auf dem Jahrmarkt in meinem Kopf schwebt auch ein Mädchen rundherum, die nun die

Mutter meiner Kinder ist und Oma von großartigen Wundern.

Heute wird mein Enkelsohn schon sieben Jahre. Der Knabe ähnelt formidabel seiner Mutter, als sie so alt war wie er jetzt. Ich habe deshalb gelegentlich einen Kloß im Hals. Es ist ein solches Wunder. Wehrlos ist man dann. Wenn ich früher gewusst hätte, wie viel Spaß es macht, Enkelkinder zu haben, dann hätte ich sie vorgezogen. Ich schmelze dahin, wenn ich ihn ins Bett bringe und ihn schläfrig sagen höre: „Gute Nacht, Opa!"
„Gute Nacht, mein Junge!"

Zum Geburtstag wünscht er sich ein FC Barcelona-Ronaldinho Shirt, ein schwarzes Kopfband hat er schon. Von seiner Mutter bekommt er ein goldenes Kettchen mit einem Kreuz. Auch wie Ronaldinho. „Weil es Gott gibt", sagt er. Als ich ihn frage, wie er denn darauf kommt, sagt er: „Gott hat

einen Namen, also gibt es ihn. Logisch."
Ich schrieb für ihn einen kleinen Vers, den
ich morgen Abend in Alkmaar so laut singen werde, dass er das in Maarsen hören kann.

Gott ist der Wind,
der durch dein Haar weht.
Ist die Sonne,
die dein Gesicht wärmt.

Gott ist kein Beil,
kein Gesetz,
kein Monument,
kein Urteil.

Gott ist eine Flocke,
eine Schneeflocke,
die auf deiner Hand schmilzt.

Gott ist ein kleines Wort.
Ein kleines Wort,
das in deinem Herzen wohnt.

Ich möchte noch hinzufügen:

Gott ist ein Enkelsohn.
Von Herzen zu empfehlen.

-8-
DER MOMENT

Der Moment, in dem eine Jugenderinnerung auftaucht, bestimmt und erschafft meines Erachtens die Erinnerung. Genau dieser Moment, das Jetzt, gibt dem Erlebten Bedeutung, weil man es erkennt.

Heute werde ich fünfundsechzig. Früher fand man das steinalt. Fünfundsechzig! Dann war man beinahe schon tot, betagt, ein gebrechlicher Mann, reif für die Verschrottung. Nicht so die alte Dame, die kürzlich in Leipzig nach dem Ende unserer Vorstellung in den vierten Stock zum Plaudern kam und um ein Autogramm fürs Enkelkind in Frankfurt bat. Fünfundneunzig Jahre war sie, silberweiße Haare, adrett zurechtgemacht, schlank und klar wie Wasser. Sie machte ein Witzchen nach dem anderen.

„Gut, dann bis zum nächsten Mal", sagte sie zum Abschied und stieg dann die vier Treppen der Oper wieder hinab. Will da nicht jeder gern so alt werden?

Alt ist ein relativer Begriff. Wer kennt nicht auch Menschen, die mit fünfundzwanzig schon wie Greise sind, die kaum Freude an ihrem Leben haben und sich grübelnd durch ihr Dasein schleppen? Junge Menschen, die scheinbar niemals Kind gewesen sind. Ich erinnere mich noch an einen Klassenkameraden, der als Berufssoldat seinen Dienst tun wollte, weil man bei der Armee viel früher in Pension gehen durfte. Er ist genau aus diesem Grunde schon früh alt geblieben.

Mit dem Verstreichen der Zeit werden meine Erinnerungen fortwährend präziser. So erinnerte ich mich an die Woche, ich werde so vier Jahre etwa gewesen sein, als ich zum ersten Mal auf dem Rücken eines

Pferdes sitzen durfte. Auf dem Gaul vom Gemüsehändler. Als mein Enkel diese Woche fragte, ob er sich auch mal auf unser Pony setzen dürfe, hob ich ihn hinauf. Und dabei kamen mir die Bilder vom Gemüsehändler in den Sinn: seine Hände, sein Geruch, der Rücken des Pferdes und seine Mähne. Ich konnte selbst mit meinen Beinen fühlen, wie das riesige Tier Atem holte, als ob es gestern wäre.

Und gestern… Gestern hab ich gut eine Stunde mit einem Mann gesprochen, an dessen Namen ich mich weder erinnern kann noch an das, worum es in dem Gespräch eigentlich ging.

An Früher denken, ist Trost. Ich sehe es bei meinem Cousin Toon[3]. Er hat Krebs im Endstadium. Lungenkrebs. Seine Augen sind ängstlich, nur dann nicht, wenn er über früher redet. Dann blicken sie sanft ins Zimmer.

Herman van Veen – Für einen Kuss von Dir

*Als du ein Zimmer bei uns
auf dem Dachboden hattest,
ein Bett, einen Tisch und einen Stuhl
und gerade soviel verdientest,
um dir hin und wieder eine Platte
von Miles Davis[4] oder Buddy Rich[5]
zu kaufen,
als du nur einen Vornamen hattest,
auf dem Fahrrad gesessen,
mit dem Bus gefahren
oder zu Fuß gegangen bist.*

*Und weißt du noch,
dass du damals Tambourmajor warst,
der stolz dem Zug vorausgelaufen ist?
Und dass ich dann blind
vor Eifersucht
zur anderen Seite schwieg,
wo so etwas Schönes
niemals passierte.*

-9-
Eine andere Art Mensch

Ein Biologe erzählte mir von einem Vogel, der im Käfig eines Schimpansenpaares gegen eine Scheibe geflogen und danach bewegungslos auf dem Boden liegen geblieben war. Einer der Affen hob den Vogel auf, kletterte vorsichtig damit auf seinen künstlichen Kletterbaum und legte das Tierchen dann, nachdem er die kleinen Flügel mit seinen geschickten Händen äußerst behutsam ausgebreitet hatte, auf den allerhöchsten Ast und wartete, bis der Vogel wegflog.

„Schimpansen", so berichtete der Biologe weiter, „lassen manchmal eine Mahlzeit aus. Sie überlassen ihre Nahrung dann kleinen oder kranken Tieren. Ein junger Schimpanse lässt älteren Schimpansen stets den Vortritt."

Ich las, dass sowohl in Bibeln, der Genesis, als auch in der Evolutionstheorie von Darwin davon ausgegangen wird, dass der Mensch das Intelligenteste aller Wesen sei. Die höchst entwickelte Kreatur.

Ich persönlich wage dies zu bezweifeln. Nimm nur die Genesis. In nur einem Nu, so schildert dort Gottes Buch, zerstört der Mensch unmittelbar nach seiner Erschaffung das ihm geschenkte Paradies. In jeder beliebigen Zeitung kann man ersehen, wie unsere Gattung auch heute noch, gleich einem schleichenden Virus, an der Erde frisst. Es gibt natürlich intelligente, sanftmütige, gebildete Menschen unter uns. Wissenschaftler, Musikanten, Schriftsteller, Dichter, Maler, Ärzte, Lebemänner..., die sich weigern, diesem Raubbau zu unterliegen. Sie geben, genau wie einige Bakterien, nicht auf. Sie mutieren, wie wir einst aus den Affen, zu einer anderen Spezies. Zum *homo spiritualis*, einem Wesen, das alles Leben umhegt, so wie eine Mutter ihr Baby. Na gut, es wird eine Weile dauern, wahrscheinlich ebenso lange wie der Mensch dafür brauchte, aufrecht zu gehen oder Bananen mit einem Stock abzuschlagen. Solange, bis er die Geduld findet, die Flügel eines gefallenen Vogels behutsam auszubreiten.

Vergangene Woche war ich wegen einem allgemeinen Check-up im Krankenhaus. Man weiß ja nie. Zum Glück war alles pico bello. Auch mein Blut blieb, genau wie ich, A-positiv.

Sollte Ihnen oder mir etwas passieren und sollten wir dann zu wenig Blut haben, dann könnte eine Bluttransfusion mit Schimpansen durchaus perfekt funktionieren. Unser Blut sei, so erklären es Richard Dawkins und Jared Diamond in ihrer Essay-Sammlung *The Great Ape Project*, vollkommen gleich. Genetisch betrachtet, ähneln Menschen am meisten der Familie der Schimpansen und nicht beispielsweise denen von Gorillas oder Schweinen. Plusminus neunundneunzig Prozent unserer Gene stimmen mit denen des Menschenaffen überein. Das würde also heißen: Wir sind eine andere Art Schimpanse. Oder: Schimpansen sind eine andere Art Mensch. *Schimenschen...?*

Untersuchungen haben ergeben, dass Menschenaffen auch intellektuell und emotional enorm dem Menschen ähneln. Eigenschaften, die wir ausschließlich uns zurechnen wie Selbstbewusstsein, Fantasie, Zeitverständnis, die Nutzung von Sprache und abstrakten Konzepten scheinen es nicht zu sein. Philosophen von Tierrechten vertreten die Meinung, dass Menschenaffen in die Gesellschaft unseresgleichen aufgenommen werden müssen. Menschenaffen sind *Personen*.

Ich bin vollkommen damit einverstanden. Persönlich finde ich ja auch, dass eine Kuh *Jemand* ist. Denk doch nur an ihre prächtigen Augen. Und unser Hund und die Katze oder das Kaninchen, das über den Rasen hoppelt. Oder nimm einfach die Biene, die mit Präzision ein architektonisches Wunderwerk zu bauen versteht. Wie auch die Ameisen. Ganz zu schweigen von Seiner Majestät dem Wasser oder all die anderen Geschöpfe, die Bäume und Pflanzen. Selbst die glibberige Qualle, die in der Brandung des Meeres die nackten Popos unserer Enkel bedroht, sehe ich als einen klitschigen Jemand an.

Wer kann beweisen, dass in einem Stein kein Wesen hockt oder gar ein Elf?

Ich sah kürzlich eine Dokumentation über den Zeichner und Dichter Marten Toonder. Er war entschieden überzeugt, dass es Elfen gibt. So überzeugt wie von der Existenz des Meeres. Alles hat seine Wurzeln im Verborgenen.

In der Dämmerung habe ich einen Umweg gemacht. Ich dachte, ich wäre allein. Die Tauben wurden still.

*Es war, als ob etwas weiß und sacht
mir zuwinkte aus stiller Nacht.*[6]

Gerade denke ich, dass es etwas zu bedeuten hat, das Mondlicht auf den Blättern da. Aber es bedeutet nichts. Nur sich selbst.

-10-
FERIEN

Wenn wir Ferien machen, mieten wir meistens einen Kleinwagen. Groß genug für uns, die Jacken, Einkäufe und Koffer. Das geht ganz einfach. Man füllt ein Formular aus, zeigt seinen Führerschein vor, den Ausweis und die Kreditkarte, dann setzt man seine Unterschrift und ein paar Initialen neben irgendwelche Kreuzchen und fährt im gemieteten Wägelchen der Sonne entgegen. Hat man es leer gefahren, liefert man das Gefährt wieder ab und läuft weiter.

Mit dem Leben ist das eigentlich genauso. Nur dass man das nicht jederzeit realisiert, weil das Leben weder Räder noch Rückenheizung, weder Kofferraum, Dachgepäckträger oder Airbag hat. Auch das Leben mietet man. Man least es sozusagen ohne Vertrag. Das Leben hat man für eine unbestimmte Zeit. Wann man es zurückgeben muss, ist eine offene Frage. Was man dafür bezahlt, hängt davon ab, was man mit seinem Leben macht. Ob es lange währt oder kurz, ist vor allem von den Gegebenheiten abhängig, auf die man kaum Einfluss hat. Erdrutsche, umstürzende Bäume, Blitzeinschlag, ein besoffener Idiot, der sich hinter das Steuer seines Mercedes setzt, genetische Unvermeidbarkeiten etc. können deinen nicht unterzeichneten Mietvertrag unvermittelt ablaufen lassen.

Das Leben geht jedenfalls vorbei. Alles im Leben ist geliehen, solange es dauert. Wie auch immer es endet, man gibt es an seinen rechtmäßigen Eigentümer zurück. An das Leben selbst. Danach reist man, falls man reiselustig ist, in seiner nackten Seele vielleicht doch in ein neues zu lebendes Leben. Aber das ist eben ganz und gar nicht sicher. Für diese Garantie existiert kein Beipackzettel, da kann man nichts finden, nicht im allerkleinsten Kleingedruckten.

The way it is

When I am dead
the traffic will go on,
the girl in the red crash helmet
will arrive at work
on the dot at eight
as she has done for years:
It's habits
and not people that survive[7].

-11-
Vom Guten und Bösen

Das ist mein Sakko mit meinem Pass in der Innentasche und dem Füllfederhalter, mit dem ich Briefe schreibe.

Das ist der Gürtel, mit dem ich meine Hose zusammenhalte, seit die Hüften etwas voller sind.

Dies sind die Schuhe, die ich in Chemnitz gekauft habe und wovon die Blasen an meinen Fersen sind.

Hier ist meine Tasche, in der sich das Etui mit meiner Zahnbürste und der Zahnpasta befindet.

Der Kamm, das Deo, die Unterwäsche, die ich gestern trug, das weiße Hemd.

Mein Notizbuch, einige Mails, die ich noch lesen sollte, einzelne Zeitungsausschnitte über das, was ich nicht vergessen will.

Das ist das Buch, das ich gerade lese. Bin

auf Seite 275, da, wo das rote Bändchen liegt.

Das sind meine Geige und mein Geigenstock, hinter den ich Fotos von meinen Lieben geklemmt habe. Einige Ersatzsaiten und Weißharz.

Und das ist ein Sordino, ein Dämpfer, damit ich in Hotelzimmern leiser spielen kann.

Hier die Uhr, die ich einst von Edith in Wien bekam.

Und dies ist wirklich kein Blut unter meinen Nägeln. Das, was da so rot ist, das kommt vom Malen. Ich arbeite an einem großen Bild, das noch vor dem dritten Juli fertig sein muss.

Das sind meine Kreditkarten, der Führerschein, zweihundertzehn Euro – man weiß ja nie. Und meine Bordkarte.

Der Polizist weiß sehr genau, wer ich bin, kennt mich aus dem Fernsehen, hat noch die alte Platte *In Vogelvlucht* zu Hause, die er einst von seiner Mutter bekommen hatte. Er fragt dennoch, ob ich etwas bei mir hätte, aus dem ersichtlich wäre, dass ich bin, wer ich bin. Während ich versuche, diesen Satz zu begreifen, wiederholt der Polizist:

„Herr Van Veen, haben Sie etwas, woraus ersichtlich ist, dass Sie Sie selbst sind?"

Ich sage ihm, dass ich so etwas nicht bei mir habe. Der Polizist schaut mich mitleidsvoll an. „Es wäre gescheit, wenn Sie künftig so etwas bei sich trügen. Ich weiß, wer Sie sind, aber glauben Sie ja nicht, dass alle meine Kollegen Sie kennen. Sie müssen eigentlich zu jeder Zeit beweisen können, dass Sie sind, wer Sie sind. Ausweis, Führerschein, irgendwas. Und das Fahrrad, gehört das Ihnen?"

Ich denke an den Quizmaster und Komiker Rudi Carrell[8], der auf die Frage, warum er wieder in seine Heimat gekommen wäre, antwortete:

„Ich habe mein Fahrrad vermisst."
Kann ein Deutscher in seinem eigenen Vaterland, also in seiner ‚Heimat', von Heimweh geplagt werden? Es ist zumindest denkbar, dass jemand aus den Bayerischen Alpen im norddeutschen Flensburg, von Heimweh geplagt, Selbstmord begeht, sich also in der Heimat aus Heimweh umbringt.

Holland ist für solche großen Gefühle wahrscheinlich zu klein. Wir haben keine Berge, die zirka zweitausend Kilometer von unserer Küste entfernt liegen. Wenn man in den Niederlanden beispielsweise in Den Haag erkältet ist und stark hustet, hört man das in Enschede.
Der österreichische Amateur-Anarchist Herbert Müller-Guttenbrunn schrieb in den Dreißiger Jahren des vorigen Jahrhunderts, also kurz vor dem Zweiten Weltkrieg, über das Vaterland: „Ein Vaterland können nur die haben, deren Väter Land hatten."

Ein Mann, dessen Vater kein Land besitzt, hat also laut Guttenbrunn auch kein Vaterland.

Kann man Eigentumsrechte einfordern, nur weil man irgendwo geboren wurde? Ich muss das echt mal nachfragen. Die ganze Bezeichnung: ‚eigenes Land' habe ich immer schon beängstigend empfunden. „Einen Begriff wie Nationalität, kann man nur im negativen Sinn definieren.", sagte Arnon Grunberg[9].

Wolken warten nicht an Grenzen. Vögel ziehen ihre Bahn. Flüsse lassen sich auf ihrem Weg zum Meer durch keine noch so fleißige Beamtin oder irgendeinen Schlagbaum aufhalten.

Seit der Mensch damit aufhörte, ein vogelfreier, wandernder Reisender zu sein, frustriert hässlicher Stacheldraht die Welt.

Herman van Veen – Für einen Kuss von Dir

Getreu meiner Oma ist Zuhause da, wo jemand ist, der dich liebt. Während ich so sinniere, heulen Windböen um unser Haus. Auffallend ist, dass die Gefühle, die man für seine Frau da neben einem im Bett hat, beträchtlich an Innigkeit zunehmen, wenn es draußen regnet, stürmt oder hagelt.

Vielleicht etwas fürs Poesiealbum:

*Und mit liebevoller Naturgewalt
umarmt der Sturm das Haus,
begreife dann, dass du sagen kannst:
„Liebste, wir sind zuhaus."* [10]

Bäume biegen sich, Blätter wirbeln auf. Um sein Nestchen unter der Dachrinne erreichen zu können, muss es ein Spatz in einer scharfen Kurve anfliegen. Ein heftiger Windstoß macht dieses Unterfangen unmöglich. Es ist ein lustiger Anblick. Da ist er wieder. Wird es diesmal glücken? Beim soundsovielten Versuch hilft ihm eine un-

Herman van Veen – Für einen Kuss von Dir

erwartete Pause der Naturgewalt und der kleine Kerl entschwindet völlig zerfleddert unter der Dachrinne.

Ein Hausspatz ist ein Vögelchen, welches das ganze Jahr über in unserem Land verbleibt. Er zieht im Winter nicht in wärmere Gebiete, wie das andere Vögel tun. Da, wo der Mensch verschwindet, verschwindet auch der Hausspatz.

Früher gab es bei uns in der Stadt verdammt viele Spatzen. Sie hatten es gut. Es gab viel aus dem Abfall zu holen. Man sah sie vor allem auf dampfenden Pferdeäpfeln sitzen, die voller Hafer waren. Doch mit dem Verschwinden der Pferde aus den Straßen verschwanden auch viele Spatzen.

Um den Spatzen etwas zu helfen, haben wir für unseren Bauernhof Pferde gekauft und an der Scheune über dem Hühnerstall, gleich neben den Ställen, ein echtes Spatzenhotel aufgehängt. Das ist eine lange Kiste mit spatzengroßen Löchern. Es herrscht dort Hochbetrieb.

Heute ist der vierte Februar. Ich fahre nach Tiel, um dort zu singen. Ich habe noch ein Viertelstündchen. In Gedanken streife ich durch das Haus, in dem wir einst wohnten und sehe mich im Winter Brotkrümel im Garten verstreuen. Einige Spatzen kommen angeflogen, trippeln und picken furchtlos die Krümel weg. Kleine, deftige Spatzendamen. Nun, es werden sicher auch einige Spatzenherren dazwischen gesessen haben, wer weiß. Jedenfalls fand ich es schön. Ich erinnere mich, dass ich einmal krank war und in ein entferntes Erholungsheim musste. Eines Tages bekam ich eine Ansichtskarte, auf der ein kleiner Spatz zu sehen war. Auf der Rückseite stand in der Schulschrift meiner Mutter: *Lieber Spatz, nächste Woche bist du wieder zu Hause.*

-12-
LIEBER TISCH

*L*ieber Tisch, du beschäftigst mich. Du kannst dich niemals hinsetzen. Tschüss, dein Freund, der Stuhl.

In Erwartung des Champions-League Spiels Bayern München gegen Inter Mailand zappte ich durch einige deutsche Sender und blieb beim Bayerischen Fernsehen hängen. Dort hatte eine Frau das Wort, die davon berichtete, wie sie den Absturz aus 3000 Metern Höhe über dem südamerikanischen Dschungel überlebte. Der Stuhl, auf dem sie im Flugzeug angeschnallt war, konnte zunächst über ihr den Fall wie ein Minifallschirm abbremsen, geriet dann durch eine wundersame Drehung des Windes wieder unter sie und entschärfte damit die Wucht des Falls durch die Baumwipfel als auch den Aufprall auf dem moosigen

Boden des Regenwaldes. Ein unfassbarer Bericht. Werner Herzog hat über diesen Vorfall einst einen Dokumentarfilm gemacht.

Die Frau hat noch immer Angst vorm Fliegen. Vor allem bei Turbulenzen schlägt ihr das Herz bis zum Hals, was natürlich nicht verwunderlich ist. Sie lebt und arbeitet heute irgendwo im Dschungel und immer dann, wenn sie nach Deutschland fliegt, steht sie in ihrem Stuhl wahre Todesängste aus.

Ich befragte meinen Stuhl vor dem Fernseher, was denn sein Eindruck von dieser Geschichte wäre, die wir soeben gemeinsam gesehen hatten. Und der Stuhl antwortete: „Nun, seit wir existieren, werden wir stets unterschätzt."

-13-
Das ist von Vivaldi

$\mathcal{V}$arieté ist eine Form des Theaters mit amüsanten Vorträgen, Gesang und Tanz sowie verschiedenen Darbietungen von Künstlern wie Akrobaten, Zauberern, Hypnotiseuren, Gedankenlesern und so weiter. Das Varieté entwickelte sich von der Kneipenbelustigung zu einer respektablen Form der Unterhaltung für die ganze Familie. Es war seinerzeit irgendwo zwischen Zirkus und Revue beheimatet. In England und Frankreich war diese Theaterform als Music Hall, in den Vereinigten Staaten als Vaudeville bekannt. In der Blütezeit des Varieté wurden in vielen Städten dafür spezielle Theater errichtet. Anfang des 21. Jahrhunderts verdrängte das Kino nach und nach diese Form der Unterhaltung.

Nach dem Krieg hatte das niederländische Varieté-Theater eher bescheidene Ziele. Der Schwerpunkt lag auf humorvollen Sketchen und Gesang. Derartige Abende wurden von Theateragenturen organisiert. Es waren in der Regel die Arbeitsämter, die solche Programme zusammenstellten und die verfügbaren Künstler kontaktierten.

Als ich meinen Beruf begann, konnten Laurens van Rooyen, Erik van der Wurff und ich dank dem Utrechter Arbeitsamt auf so manchem Betriebsfest oder bei anderen Feiern auftreten.

Die Basis solcher bunter Abende war ein Conferencier, der das ganze präsentierte und ein Pianist für die Begleitung. Das Programm konnte dann mit Auftritten eines Sängers, Zauberers, Kunstpfeifers, Musikers oder anderen Kleinkünstlern aufgefüllt werden.

Varieté-Vorstellungen fanden zu jener Zeit in ganz Holland statt. Die Künstler, die noch nicht über ein eigenes Fahrzeug verfügten, reisten viele Stunden am Tag zu ihren Auftritten. Von ihnen wurde ein großes Improvisationsvermögen verlangt, weil sie in stets wechselnden Kombinationen agierten.

Berühmte Varieté-Künstler der damaligen Zeit waren Gerard Walden (Conferencier), Annie de Reuver (Sängerin), Toon Hermans (Clown und Kabarettist) und das Akkordeon-Trio The Three Jacksons. Die Verbreitung des Fernsehens machte dann dieser Kunstform ein Ende.

Mein Vater organisierte als Vorsitzender des Personalrats bei der Druckerei Bosch, einer Fabrik, in der auch der Parool, die alte Widerstandszeitung gedruckt wurde, und als Vorsitzender der grafischen Vereinigung jede Menge solcher Abende. Das tat er stets unter einer Losung: Das griechische Fest, das russische Fest, das ungarische Fest, das österreichische Fest... Er war das ganze Jahr damit beschäftigt. Wer kommt warum und wann spielen? Er war scheinbar so intensiv damit beschäftigt, dass er sogar noch dann, als er auf der Intensivstation nach einer Herzoperation wieder zu sich kam, fest davon überzeugt war, dass er mitten in einem Krankenhausfest erwacht sei. Am nächsten Tag wusste er nichts mehr davon. „Ach, scher dich zum Teufel!", sagte er, als ich ihm davon erzählte.

Ich las im Palmblatt, das ist ein Magazin für professionelle Autoren in der Unterhaltungsmusik, dass ihr Ehrenmitglied Frans Poptie verstorben ist. Frans Poptie war ein heißer Violinist, ein echter Jazz-Mann. Ich kenne ihn eben von diesen Personalfeiern, die mein Vater früher organisierte. Zu diesen Festen durfte ich als kleiner Junge bis zehn Uhr am Abend mit. Auf diese Weise sah und hörte ich eine Menge niederländische Varieté-Künstler: Willy Alberti, Tom Manders, Snip en Snap, André Carrell, den

Vater von Rudi, Max Tailleur, Jan Blaaser, Frans Poptie. Letzterer hatte ein recht fremdländisches Gesicht, eine hohe Stirn (in unsrer Straße war das die vornehme Art, kahl zu sagen) und genau wie Stochelo Rosenberg ein feines Zigeunerschnurrbärtchen. Dazu fast schwarz gelocktes Haar, mit Brillantine straff nach hinten gekämmt. Er wurde durch das Radio berühmt, spielte dort mit kleinen Ensembles Swing-Musik wie Stephane Crapellie. Auch Sem Nijveen und Benny Behr konnten das klasse.

„Hallo, Herr Poptie, ich spiele nämlich auch Geige. Nicht solche Musik wie Sie, aber klassische Musik.", sagte ich eines Tages zu ihm, als er gerade dabei war, seinen Notenständer aufzuklappen. „So, wie Sie das machen, so würde ich auch total gerne spielen. Kann man das irgendwo lernen?" Der Mann schaute mich mit einem Lächeln an und gab mir seine Geige.

„Na dann lass mal was hören, Junge."

Seine Violine war viel zu groß für mich. Ich spielte damals noch auf einer Dreiviertelgeige. Aber egal.

„Das ist von Vivaldi", sagte ich. Durch die größeren Abstände der Bünde gelang es mir nicht, sehr sauber zu spielen, aber es klang auch nicht wirklich doof. Als ich fertig war, gab ich ihm seine Geige zurück, und er spielte das, was ich gerade gegeigt hatte, in Swing.

„Weißt du, es ist eigentlich genau dasselbe, nur dass ich es mit einem Hüpfer spiele, öfters die Achtelnoten als Sechzehntel und hier und da eine kleine Triole einbaue. Und kümmere dich niemals um die Taktstriche, das sind Grenzen und die sind völlig unnötig. Ja und höre vor allem sehr oft unsere Musik. Mach es einfach so, wie mein Vater immer sagte: Fiedle fröhlich deinen Kummer."

Frans Poptie wurde 92 Jahre.

-14-
OSTERN

Seit kurzem wohnen bei uns zwei junge Innenarchitekten. Die Herren Mark und Milan. Mit verblüffender Energie haben sie damit begonnen, unserem Interieur ein vollkommen anderes Erscheinungsbild zu geben. Alte architektonische Gesetze wie das Zusammenspiel zwischen Funktion, Design und Schönheit werden energisch ignoriert. In einem scheinbar natürlichen Chaos wird gezogen, geschoben, umgehängt. Vorhänge werden weggezerrt, Kissen erwachen zum Leben. Stühle schieben sich, wie von unsichtbarer Hand bewegt, vorbei. Lampen stürzen ab, Tische knurren. Sie sind beispiellos damit beschäftigt, für uns noch unbegreifliche Dinge zu tun. Mit außerordentlicher Hingabe wird unsere Wohnung in einen progressiven Mikadostil verändert. Nichts steht mehr da, wo es vorher stand. Nichts liegt mehr dort, wo es lag. Wir sind Zeugen eines innenarchitektonischen Wunderwerks. Milan hat die Ideen. Mark ist für die Abbrucharbeiten zuständig. Wir schauen gerührt und mit hochgezogenen Augenbrauen zu und wir fragen uns schweigend, ob es wirklich eine kluge Idee war, uns die Firma ‚Welpen' ins Haus zu holen.

-15-
AUGENBLICK

*L*aut einiger Denker und Stirnrunzler kann, philosophisch betrachtet, keine Gegenwart existieren. Kein Jetzt. Die Gegenwart ist der untrennbare Moment, in dem die Zukunft in die Vergangenheit übergeht. Sobald wir ihn festhalten wollen, ist er wie schmelzender Schnee schon wieder verschwunden.

Dabei kommt mir ein Bild in den Sinn: Es ist, als würde man Wasser mit den Fingerspitzen festhalten wollen. Es trocknet oder verflüchtigt sich im Augenblick des Entstehens. Und doch erfahren wir eine Gegenwart und das bedeutet, dass das Jetzt psychologisch gesehen doch von einiger Dauer ist. Unser Bewusstsein konstruiert für sich selbst auf diese Weise scheinbar eine Gegenwart aus der allernächsten

Herman van Veen – Für einen Kuss von Dir

Zukunft, ein *gerade noch nicht* oder ein *gerade eben vorbei*. Drückt man seine Lippen auf eine Glasscheibe und schaut zurück, sieht man den Abdruck bereits wieder verschwinden. Diese augenscheinliche Gegenwart dauert höchstens einen Bruchteil. Das Jetzt ist William James zufolge nicht des Messers Schneide, welche die Zeit durchtrennt, sondern eher ein Sattel, von dem aus wir in beide Richtungen aus der Zeit heraus schauen können. Man surft auf der Krone einer Brandung von dort nach da oder andersherum und erfährt rätselhafte Beschleunigungen und Verzögerungen, die Gegenwart. Zeit, die mit schönen Aktivitäten verbracht wird, scheint schneller zu verstreichen als Zeit, in der nichts passiert, die in deinem Gefühl nur langsam vorankriecht. Zeit tarnt sich als eine Illusion. Sie fliegt vorbei, wenn man miteinander schläft, hat kein Ende, wenn man sich langweilt. Jahre werden hohl und sacken ineinander. Momente der Euphorie fliegen wie Feuervögel auf. Ich gehe und halte inne, und während die Gegenwart aufhört, beginnt meine Erinnerung.

-16-
Darf ich einen Zwieback...

In unserem Garten paradieren zwei vornehme blaue Pfauen. Ein Herr und eine Dame, ein schickes Ehepaar mittelgroßer Fasanenvögel. Der Herr hat eine lange Federschleppe, die er wie einen bunten Fächer aufstellen kann.

Pfauen sah ich zum ersten Mal, als ich etwa zehn Jahre alt war. Beim Amsterdamsestraatweg in Utrecht war ein kleiner Park, in dem eine große Voliere stand und dort saßen sie, so an die zehn Stück. Verblüffend schön fand ich sie. Später, wenn ich groß wäre, würde ich auch solche Pfauen haben wollen, nahm ich mir vor. Dies ist mir auch geglückt. Manchmal haben wir gut sieben Exemplare, aber oft, einige Füchse später, bleiben nur die Stärksten übrig.

Das Männchen spiegelt sich gern prahlerisch in unseren Fensterscheiben oder in den glänzenden Türen meines Autos. Gelegentlich fällt es sich selbst an im Wahn, dass das, was es da in der Tür erblickt, ein anderer Pfau sei, ein Eindringling. Das Resultat: Hunderte Schnabelpicker in der Autotür. Er pfeift drauf. Wenn Herr Pfau seine Federn verliert, (das Auffinden einer solchen Feder soll übrigens Glück bringen) und das sind gut einhundertfünfzig Stück, lesen unsere Enkel sie auf und binden sie zu einem großen Trockenstrauß für die Küche zusammen. Dort stehen sie dann das ganze Jahr wie ein Strauß winkender Augen. Augen, so erzählt ein griechisches Märchen, die einst zu einem Riesen gehört haben sollen. Aber wie es sich in Märchen stets zuträgt, ging etwas Unfassbares schief. Göttin Hera hat daraufhin die Augen aus dem Kopf des Riesen Argus genommen und sie ihrem göttlichen Lieblingstier, dem Pfau, übergeben.

Unsere Pfauen schlafen nachts im hohen Baum neben unserer Küche. Wenn es dunkel wird, fliegen sie auf einen dicken Ast, der über der Hirschweide hängt. In einem verlassenen Bussardnest, drei Äste höher, hat die Pfauendame im letzten Jahr ihre fast weißen Eier gelegt. Drei Küken purzelten an einem Donnerstag hinab.
Pfauen kacken übrigens wie die Reiher. Ihre Haufen sind äußerst eindrucksvoll.

Mutter Pfau schreitet majestätisch über den Rasen, im Schlepptau ihre inzwischen auch vornehm paradierenden Jungen. „Schau mal!" sage ich zu meinem Enkelsohn, „wenn junge Pfauen Hunger haben, ticken sie auf den Schnabel ihrer Mutter, siehst du das?" Der Junge beobachtet andächtig die Pfauenszene, tippt dann wie abwesend auf meine Nase und fragt: „Opa, darf ich bitte einen Zwieback haben?"

-17-
KAHL

*E*s gibt viele Mythen über die Ursachen von Haarausfall. Unter anderem wird behauptet, dass man kahl wird, wenn man sein Haar zu stark bürstet, Haargummis zu fest bindet oder sein Haar dauerhaft färbt. Ebenso stünde Kahlheit bevor, wenn man zu oft eine Mütze oder ein Kopftuch trägt oder den Kopf beim Schlafen zu häufig dreht. Das Haar kann davon tatsächlich Schaden nehmen, aber in der Regel bricht es dann ab und wächst von alleine wieder nach. Lediglich durch extremes Ziehen der Haare können sie ganz herausgezogen werden. Dies nennt man dann *traction alopecia* (Haarschwund durch Zugkraft). Haarausfall ist ein ganz natürlicher Prozess. Bei gesunden Menschen bleibt jedes Haar drei bis fünf Jahre in der Kopfhaut sitzen. In dieser Zeit wachsen sie. Danach fällt das

Haar aus und der Follikel bleibt rund drei Monate leer. Alsdann bildet sich ein neues Haar und der Zyklus von drei bis fünf Jahren wiederholt sich. Weil ein Mensch einhunderttausend bis einhundertfünfzigtausend Haarfollikel hat, ist es somit völlig normal, wenn ihm rund fünfzig bis einhundert Haare pro Tag ausfallen. Passiert das allerdings übermäßig und werden sie nicht durch neue Haare ersetzt, dann wird man kahl. Jeder Follikel kann etwa zwanzig Haare produzieren, bevor er abstirbt. Weil ein jedes Haar so drei bis fünf Jahre im Haarfollikel verweilt, sollte man eigentlich erst nach sechzig bis einhundert Jahren glatzköpfig werden können.

Dass viele Männer so wie ich (manchmal sogar Frauen) bereits in früherem Alter an Haarausfall leiden, hat mit der Empfindlichkeit bestimmter Haarfollikel gegenüber dem Hormon Dihydrotestosteron (DHT) zu tun. Dieses Hormon verhindert nämlich die ordnungsgemäße Durchblutung der Haarwurzel, wodurch die drei- bis fünfjährige Wachstumsphase des Haares auf wenige Monate verkürzt wird. Angenommen also, Ihr Haar wäre nicht erst in vier Jahren, sondern schon in einem Jahr ausgewachsen, so könnten Sie bereits mit Ihrem zwanzigsten Lebensjahr alle zwanzig Haarzyklen durchlaufen haben und somit glatzköpfig werden. Von daher...

Mein Urgroßvater war kahl. Mein Opa, mein Vater, mein Sohn ist es. Allesamt kahl – ohne Ausnahme. Oh ja, wir hätten natürlich auch lieber einen stattlichen Wald Haare gehabt, aber mein Vater tröstete mich gern, indem er scherzend sagte, dass bei gescheiten Leuten die Haare eben nach innen wüchsen. Dennoch, ich bin sicher, auch er hätte sein Haar nur allzu gern mit großem Schwung nach hinten kämmen wollen.

Ich habe wirklich alles ausprobiert, um meiner fortschreitenden Kahlheit entgegenzuwirken. Schmierte Kokosnussfett auf meinen Schädel und stinkende tibetanische Salben, versuchte es mit Haarwurzelmassagen und lächerlich teuren neumodischen Haarwuchsmittelchen. Habe alle möglichen Pillen sowohl von vorn als auch von hinten eingenommen. Nichts half.

Vergangene Woche war ich in Rom. Museum rein, Museum raus. Nachdem ich dort gesehen habe, dass wahrhaft alle großen Meister wie Leonardo da Vinci, Michelangelo, Botticelli oder Raffael Gott den Schöpfer ausnahmslos als alten kahlen Mann gemalt hatten, habe ich jede Hoffnung auf ein wirksames Haarwuchsmittel aufgegeben.

Dann hat der Rauch aus sich eine Wolke gemacht

Ich war für zwei Konzerte in Berlin, in der erneuerten Synagoge. Sang und las dort Texte von Selma Meerbaum-Eisinger, einem jüdischen Mädchen, das mit achtzehn Jahren in einem deutschen Arbeitslager im Zweiten Weltkrieg den Tod fand.

Das ist das Schwerste:
sich verschenken und wissen,
daß man überflüssig ist,
sich ganz zu geben und zu denken,
daß man wie Rauch
ins Nichts verfließt.
23.12.1941.

Darunter mit rotem Stift hinzugefügt:

Ich habe keine Zeit gehabt,
zu Ende zu schreiben ..."

Herman van Veen – Für einen Kuss von Dir

Man schreibt das Jahr 1940. Du bist sechzehn Jahre, wohnst irgendwo in einer Stadt in Deutsch-Rumänien. Du gehst zur Schule, bist verliebt in einen jungen Mann. Die Sonne scheint. Freitagabend gehst du tanzen. Du schreibst. Du schreibst ein Gedicht über eine Bank in einem Park, die wartet. Über Luft und Duft und Glanz.

Du liest in der Zeitung von Veränderungen in einem tausendjährigen Reich und siehst eines Tages von deinem Klassenzimmer aus, wie jüdische Studenten von Nazis verprügelt werden.

Du hörst, wie einer von ihnen gezwungen wird, aus einem Fenster dem dritten Stock des Schulgebäudes zu springen. Du schreibst ein Gedicht über einen Raben.

Du darfst nicht mehr zur Schule gehen, verlierst deine Bürgerrechte, musst auf dem Revers deiner Jacke einen gelben Judenstern tragen und Zwangsarbeit verrichten. Du hast künftig mit sechzigtausend Menschen in einem Ghetto zu leben, ohne Haus, einfach nur auf der Straße. Und du schreibst ein Gedicht über die Nacht.

Du fliehst. Brichst dir ein Bein. Wirst in der Stadt als Jüdin erkannt und deportiert, um in extremer Kälte für einen deutschen Straßenbauer zu arbeiten. Du bist sechzehn Jahre alt. Wenn du nicht durcharbeitest, wirst du von der SS erschossen. Du bringst die Kinder, die keinen Vater und keine Mutter mehr haben, ins Bett und du schreibst für sie ein Wiegenlied. Außer einer dünnen Suppe gibt es nichts zu essen. Menschen sterben um dich herum. Leichen werden entlang der Straße in Tümpel geschmissen oder über die Brüstungen der Brücken geworfen – als Futter für Vögel und Hunde. Du hörst, ein Stück weiter entfernt, einen deutschen Soldaten ein Lied von Franz Schubert singen.

Herman van Veen – Für einen Kuss von Dir

Du wirst um sechs Uhr früh zum Transport gebracht. Drei Tage und Nächte fährst du in einem Viehwagon durch ein fremdes Land. Niemand weiß wohin, niemand weiß wie lange. Du bist mit einhundertzwanzig Menschen in einem Wagon eingepfercht. Du hörst die Frauen singen. Du denkst, dass Menschen unter diesen Umständen doch nicht singen können. Es lebt eine Kraft in ihnen, die stärker ist als das Böse, das sie bedroht.

Du wirst in ein Arbeitslager gesperrt und du liest, was du noch nicht lang her geschrieben hast... Du weißt: In vielen Fällen hat das Böse doch gewonnen. Du willst, dass die Bedeutung des Singens nicht unterschätzt werden darf.

Du bist achtzehn und wirst verbrannt. Der Rauch macht aus sich eine Wolke. Du bist Luft. Du bist der Stoff, aus dem die Träume sind.

Die Blätter mit deinen Worten wurden gefunden und von einer Freundin aus dem Ghetto geschmuggelt. Durch Polen, Ungarn, die Tschechoslowakei, durch Österreich und Deutschland bis nach Paris. Nach Israel. Im Jahre 1948 sagt eine Freundin: „Ich habe Selmas Gedichte ihrem Vaterland nach Hause gebracht."

Wenn ich in einem Flugzeug sitze, bin ich stets über die Schönheit des Himmels über den Wolken erstaunt. Atemlos kann ich durch das winzige Fensterchen auf die Pracht starren, über die diese Flugmaschine hinweggleitet. Es ist jetzt halb vier nachmittags. Die Sonne hängt schräg vor uns und donnert ein sengendes Licht über die Wolkenlandschaft, so dass es aussieht, als ob hunderttausende hübsch nebeneinander gelegte Blumenkohle treiben.

Wir fliegen über das IJsselmeer. Die Blumenkohle sind verschwunden. Was Wasser ist oder Wolken sind, man kann es kaum erkennen. Die Räder setzen auf der Landebahn auf. Wir bremsen. Als das Flugzeug stillsteht, erinnere ich mich an einen Satz von ich-weiß-nicht-mehr-wem. Der besagt: Der Tod von Menschen darf nicht den Verlust ihrer Geschichte bedeuten.

-19-
Dichter

Man zeigte eine Trauerfeier im Fernsehen. Die Beerdigung eines Dichters. Seine Bücher mussten wir früher in der Schule lesen. Lyrischer Realismus. Geschichten über einfache Menschen, die merkwürdige Dinge tun. Über die Natur und was darin so kreucht und fleucht. Über das Wunder der Evolution. Enthüllende Geschichten, fern von Scham. Familie, Freunde und Gäste lauschten den Worten von Familie, Freunden und Gästen. Derweil lag der Dichter da und wartete auf das Feuer. Zwischen den Gesichtern in der Aula sah ich ein paar befreundete Dichter des Dichters. Genauso alt oder älter als er. Von der Zeit gezeichnet oder sollte ich eher sagen: ergriffen. Eingesunken hinter Schultern. In ihren Gesichtern Traurigkeit und Wehmut über das, was gewesen ist, über das, was kommt? Mit dem Tod des Dichters ging auch etwas von uns verloren. Etwas von Holland. Etwas von dem, was wir waren, was wir nie mehr sein werden. Harry Mulisch war sein Name. Seinerzeit von Dichterin Maria Droogleever Fortuyn als einen in Fidel Castro verliebten Schuljungen beschieben.

Er kam uns manchmal im Carré besuchen. Er war ein freundlicher Mann mit scharfem Blick und Pfeife im Mund. Wir gingen dann immer auf einen Drink zu Freunden oder in einen Klub. Eines Abends war da auch Godfried Bomans. Ich weiß noch, was er antwortete, als ein junger Schriftsteller ihn fragte, was denn Talent sei? „Dreiviertel davon besteht aus der Leidenschaft für die Form." antwortete er. „Das ist die eigentliche Liebhaberei. Das restliche Viertel besteht aus dem, was man zu sagen hat. Das ist das, was Ihnen Gedanken und Einbildung eingeben. Also Intellekt und Phantasie. Dutzende von Menschen in dieser Kneipe haben davon mehr als ich. Aber sie sind keine Dichter geworden. Man wird Schriftsteller durch die Leidenschaft für diese Kunst. Der Inhalt steht an zweiter Stelle."

Es war, als ob ich Toon Hermans hörte. „Sehen Sie den Mann da zu dem Laternenpfahl schauen? Es kann sein, dass er davon jetzt mehr inspiriert wird, als er es je durch Goethe wurde. Goethe schrieb: ‚Über allen Gipfeln ist Ruh'. Und der Mann sagt vielleicht gleich daheim: „Die Laterne war kaputt."

-20-
DAS BESTE IST GERADE GUT GENUG

Das Beste ist gerade gut genug ist ein Slogan des dänischen Spielwarenfabrikanten, der mit bunten Kunststoffklötzchen berühmt geworden ist. Die Klötzchen werden unter dem Namen Lego verkauft, daher bezieht der Name sich nicht nur auf den Hersteller, sondern ist zugleich eine Bezeichnung für Spielwaren geworden. Der Fabrikant ist der größte Spielwarenhersteller Europas mit einem Umsatz von 11,7 Milliarden Dänischen Kronen (1,57 Milliarden Euro) im Jahre 2009.

Wenn ich Lego sehe, muss ich manchmal an den Musenmann Toon Hermans aus dem vorherigen Stück denken. Toon sah die Sprache nicht nur als Träger von Informationen und Wissen, sondern auch als Spielzeug. So schreibt sein Biograph

Jacques Klöters: „Er sah Farben in seinen Vokalen, streute nach Herzenslust Klänge umher, als ob es knallbuntes Kinderspielzeug wäre. Er jonglierte Wörter wie Legoklötzchen, um sein Publikum anzustacheln."

Mein Enkelsohn kommt aus der Schule:
„Opa, erst gehe ich lego'n und dann erzähle ich dir einen Witz."
„Aber vorher gehst du deine Hände waschen", sage ich.
Zwei saubere Hände, ein buntes Bauwerk und zehn Minuten später:
„Opa, fünfundzwanzig Leute stehen unter einem Regenschirm…, kennst du den schon?"
„Nö."
„Also pass auf. Es stehen fünfundzwanzig Leute unter einem Regenschirm, aber sie werden nicht nass. Komisch, was? Wie kann das denn sein?"
„Ich weiß es nicht, Junge."

„Echt nicht?"
„Nein, echt nicht."
Das Kerlchen ruft mit triumphierenden Augen:
„Na, es regnet nicht!"

In Holland regnet es sehr wohl und zwar unaufhörlich. Gräben und Gossen laufen über, der Keller steht unter Wasser, man kann nur noch tauchend durch den Garten.

Die Schafe stehen steif und ohne Regenschirm meines Enkels mit dem Arsch im Wind. Wasser trieft von ihrem dicken Fell, trüb und schwermütig. Ich hoffe auf Frost, viel Eis und Schnee, damit die Welt hell wird und wir anschließend wieder nach dem Frühling Ausschau halten können. Dann kann ich meinem Enkel einen Witz erzählen.

„Weißt du, wie ein Lämmchen geboren wird? Zuerst kommen die Vorderbeinchen, dann das Köpfchen und das Bäuchlein, da-

nach die Hinterbeinchen und schließlich auch das Schwänzchen."
Und der Sohn meiner Tochter wird mich fragen:
„Du Opa, und wer baut das Lämmchen denn dann wieder zusammen?"

-21-
ONKEL WIM

"*E*in guter Verkäufer", so sagt der von mir bewunderte und auch in diesem Artikel schamlos zitierte niederländische, schon verstorbene Schriftsteller Godfried Bomans, „ist ein Liebhaber. Seine platonische Verliebtheit in den Kunden endet allerdings, sobald sich die Ladentür hinter ihm schließt. Aber in der kurzen Zeitspanne davor muss sie feurig sein, aufrecht und ohne Eigennutz." Ein solcher Verkäufer war mein Onkel Wim.

Onkel Wim, der Mann von Tante Jans, ist tot. Er wurde fast 90 Jahre alt. Von der Generation meiner Eltern ist nun keiner mehr am Leben. Vorbei ist vorbei. Jetzt sind wir an der Reihe. Onkel Wim war ein sehr freundlicher, feiner, verträglicher Mann. Maßlos im Normalsein. Als Kind war ich total gern bei ihm zu Besuch. Samstags durfte ich dann für ihn Fleischklößchen für die Suppe oder seine Schallplatten drehen. Sie hatten einen prächtigen jukeboxartigen Plattenspieler mit einer Glasglocke, durch die man alle Langspielplatten nacheinander vorbeirauschen sehen konnte. Doris Day, Pat Boone, Louis Armstrong, Vera Lynn, Edith Piaf, The Everly Brothers... und wenn sie ausgesungen hatten, begannen sie, wenn man das wollte, mit einem Knopfdruck wieder von vorn. Ich durfte bei Onkel Wim durchs Zimmer toben, seinen Lottoschein ausfüllen, mit ihm herumalbern, aber niemals, niemals durfte ich an sein Haar kommen. Das saß genauso wie bei Frank Sinatra: strenger Scheitel, geschmeidig nach hinten gekämmte kleine Welle, messerscharfe kurze Koteletten. Das alles war totales Sperrgebiet.

Onkel Wim war Musikant, Trommler, Schlagzeuger und Witzemacher auf Festen und Partys. Tagsüber war er Verkäufer von Herrenbekleidung und Matratzen. Er ging stets tiptop gekleidet, trug schicke, von ihm selbst gestärkte Oberhemden und arbeitete, soweit ich mich erinnern kann, in der Galerie Modern, damals noch gegenüber von Vroom & Dreesmann in Utrecht. Legendär waren seine Anekdoten, die er selbst am allerlustigsten fand.

Seinen Leichnam hat er der Wissenschaft zur Verfügung gestellt. Ich rate künftigen Doktoren, sich bei Operationsübungen, beim Sägen und Schneiden am Leichnam meines Onkels keinen Zwang anzutun, sich aber sehr zu beherrschen, wenn es um sein Haupt geht. Denn auch, wenn er schon verstorben ist, so wird er ohne jeden Zweifel empört hochfahren, falls man an seine Frisur kommt.

-22-
Verliebt

Früher war ich verliebt in Hannah Schuldenvrij, ein extrem reformiertes holländisches Mädchen, das genau wie einige muslimische Mädchen heute, aus Respekt vor dem Herrn stets ein Häubchen, ein Hütchen oder ein Kopftuch tragen musste. In der Schule nahm sie es immer ab und ihre roten Locken hopsten dann fröhlich über ihre Schultern. Wie kleine Welpen, die wieder nach draußen dürfen. Ich wollte um alles in der Welt mit Hannah zum Schulfest. „Du musst natürlich ihren Vater fragen", sagte meine Mutter.

Mit pochendem Herzen klingelte ich.
„Guten Tag, Herr Schuldenvrij, darf ich bitte mit Ihrer Tochter zu unserem Schulfest gehen?"
„Ausgezeichnet Herman, aber sorge da-

für, dass sie dann vor elf wieder daheim ist."

Mein Herz machte einen Freudensprung. Ich wollte schnell wegrennen, aber Herr Schuldenvrij sagte noch vor dem Schließen der Tür:

„Ach ja, Junge, meine Frau und ich möchten aber nicht, dass du mit ihr tanzt, bevor ihr offiziell miteinander verkehrt."
„Aber darf ich sie dann auch nicht küssen?", rutschte mir heraus.
Herr Schuldenvrij schaute mich nachdenklich an.
„Nein Herman, denn Küssen könnte in Tanzen ausarten."

Faction nenne ich solche Geschichten heute. Sie sind wahr und nicht wahr. Es sind miteinander verflochtene Wirklichkeiten. Hannah hieß nicht Hannah. Hannah hieß anders. Hannah, die nicht Hannah hieß, wurde in Wirklichkeit von ihrem Vater in Einzelhaft genommen, nur weil sie mit uns beim Schulfest gewesen ist. Das stand sogar in der Zeitung. Die Menschen waren empört darüber. Hannahs Vater wurde in einem Polizeiauto mitgenommen. Habe ihn danach nie mehr gesehen. Ich wollte sie, genauso wie ihre roten Locken, befreien. Mit dieser Geschichte habe ich sie zurückgebracht.

Ich brauche deine Hilfe

Du, Tsui-Goab,
Vater unserer Väter.
Unser Vater!
Lass die Gewitterwolken strömen
Gib den Herden Leben
Gib auch uns Leben,
darum bitten wir Dich.
Ich bin so schwach,
von Hunger und Durst.
Schenke mir saftige Früchte des Feldes.
Denn, bist Du nicht unser Vater?
Der Vater unserer Väter,
Du, Tsui-Goab?
Du, den wir loben
Du, den wir segnen.
Du, Vater unserer Väter.
Du, unser Herr.
Du, Tsui-Goab! [11]

Südafrika ist ein großes, unerhört prächtiges Land, das mit phänomenalen Problemen kämpft. Mit bitteren Nachwehen der Apartheid, Rezession, AIDS, Arbeitslosigkeit, Massenflüchtlingen aus dem Norden, unheimlich wuchernden Verbrechen. Ich lese auf der luxuriösen, sonnigen Terrasse unseres Hotels in der örtlichen Zeitung, dass im südafrikanischen Heilbronn eine Frau ihren Mann Jan Selilo zwei Wochen nach seiner Beerdigung noch einmal bestatten musste, weil Diebe das frische Grab geschändet haben. Bei Nacht und Nebel hatten die Unholde die Ruhestätte wieder aufgegraben, die Leiche von Jan aus dem neuen in einen alten verrotteten Sarg gehoben und Jan Selilo dann wieder unter den afrikanischen kargen Boden geschaufelt. Beim Besuch des Grabes, um dort Blumen niederzulegen, sah die Witwe, dass die Erde aufgewühlt worden war. Die Polizei stand zunächst vor einem Rätsel.

Während ich dies aufschreibe, fällt das Licht aus. Der Springbrunnen, der unser Frühstück mit gleichmäßigem Geplätscher begleitete, sackt wie eine plötzlich aufhörende Fontaine in sich zusammen. Das ist ein neues Problem. Es gibt nicht genug Strom, um die wachsende Nachfrage zu befriedigen. Auf Schritt und Tritt fällt das Licht aus.

„Was ist der Unterschied zwischen der Titanic und Südafrika?"
„Als die Titanic sank, brannte das Licht noch."

Wir lachen, aber es ist einfach unglaublich traurig, dieses von Gott gegebene Land so leiden zu sehen.

Wasser und Licht. Licht und Wasser. Im Roman *Houd-den-Bek* von Andre Brink erzählt er uns von Gott Tsui-Goab und dem Gebet, mit dem diese Geschichte begann.

„Das sind keine Worte, die man leichthin in den Mund nimmt. Nicht bei jeder kleinsten Dürre. Denn eine Sache habe ich schon vor langer Zeit bemerkt: dass das Wasser, das die Felder lebensgrün macht und Mensch und Tier zu trinken gibt, dasselbe Wasser ist, das die Erde überschwemmt, Herden ertrinken lässt und Berge abträgt. Unsere Berge sind immer hier gewesen und sie sind immer dieselben - und doch sind sie immer im Wandel. Und das macht das Wasser. Manchmal durch jahrelange beharrlicher Abnutzung eines Flussbettes, manchmal durch eine plötzliche, heftige Überschwemmung. Darum muss man sehr genau wissen, was man von Tsui-Goab möchte, bevor man das Regengebet spricht. Denn obwohl er Leben gibt, kann dieses Leben auch Vernichtung bringen. Nur Wasser kann die Welt verändern, aber man kann es nicht zwingen, zu tun, um was man bittet. Sobald man einmal um Wasser gebetet hat und es wird gesandt, kann niemand vorhersagen, welche Veränderungen es bringen wird. Man muss es dann nehmen, wie es kommt, selbst wenn es dich wegspült mit samt dem Boden, mit dem du verwurzelt bist. Ihr selbst wisst nicht, um welches Wasser ihr bittet."

-24-
MÄRCHEN

Für den, der sich in das vertieft,
was ein Märchen mitzuteilen hat,
wird es ein stilles, tiefes Wasser,
das auf den ersten Blick
unser eigenes Bild
widerzuspiegeln scheint.
Doch dahinter
spüren wir bald
die inneren Berührungen
unserer Seele. [12]

In den vergangenen Tagen wurden in den Niederlanden wieder die Michelin-Sterne vergeben. Gut neunzig Restaurants in Holland haben einen, zwei und einige sogar drei dieser renommierten Sterne erhalten. Ich dachte beim Lesen des Berichtes über diese Auszeichnungen an ein altes Märchen:

Eines Tages kam ein Reisender an einem Bauernhof vorbei und fragte den Bauern auf dem Acker:
„Was bauen Sie da an?"
„Zwiebeln!" rief der Bauer.
„Was für ein Zufall", rief der Reisende. „In jenem Land, aus dem ich gerade komme, haben sie Gold, Diamanten, Rubine und Perlen, aber keine Zwiebeln."
"Keine Zwiebeln?", fragte der Bauer erstaunt und er dachte bei sich:
„Wer hielte mich denn auf, zum König des Nachbarlandes zu gehen und ihm von dem einzigartigen Gemüse zu berichten, welches Essen erst wirklich schmackhaft macht. Vielleicht macht mich der König, wenn ich ihm Zwiebeln besorge, gar reich und mächtig."
Der Bauer belud noch am folgenden Tag eine große Karre voll mit Zwiebeln, spannte sein Pferd vor den Wagen und machte sich auf den Weg.

Eine Woche später.

"König!", sprach der Bauer, „hört mich an. Ich bringe Euch ein unbekanntes Gemüse, das Eurem Essen einen solchen Geschmack geben wird, dass es jede Mahlzeit zu einem ungeahnten Festschmaus macht."
„Echt wahr?", fragte der König.
„Echt wahr!", beteuerte der Bauer.
„Und du weißt auch ganz sicher, was du tust? Denn wenn es so ist, wie du erzählst, werde ich dich mit Gold belohnen, falls aber nicht, so kostet es dich deinen Kopf."
"Prima!", sagte der Bauer mit wackligen Knien und heimlichen Tränen in den Augen. Das mit Zwiebeln bereitete Dinner wurde serviert. Der König war sehr entzückt. Niemals zuvor hatte er so wahnsinnig lecker gegessen. Der Monarch belohnte den Bauern mit dem Gewicht der Zwiebeln in Gold.

Als der Nachbar des Bauern sah, wie reich dieser geworden war, fragte er ihn, wie das geschehen konnte. Und der brave Bauer erzählte, wie es sich zugetragen hatte.

Ein paar Monate später zog der Nachbar bei Nacht und Nebel mit einer Ladung Knoblauch davon. Denn Knoblauch ist noch kräftiger als Zwiebel. Und er hatte sich gedacht: Wenn der Nachbar für seine Zwiebeln Gold bekommen hatte, würde er sicher mit Diamanten entlohnt.
Der König war glücklich über den Knoblauch, ja, er war sogar noch begeisterter als zuvor von den Zwiebeln und sprach:
„Du hast uns etwas gebracht, das mit nichts zu vergleichen ist. Darum werden wir dich mit etwas belohnen, das, bevor du gekommen bist, die größte Rarität in unserem Königreich war."
Und der Nachbar ging nach Hause…mit einem Karren voller Zwiebeln.

-25-
POLEMIK

Polemik heißt öffentlich geführte Auseinandersetzung, schriftliche Bekämpfung von Standpunkten durch zwei oder mehrere Autoren, die derart deutliche Meinungsverschiedenheiten vertreten, dass sie sich einander in einer heftigen Polemik angreifen. Die Kontroverse kann zu jedem Bereich der Kultur Bezug nehmen, aber die berühmtesten Polemiken wurden auf dem Gebiet von Glauben und Kunst geführt. Vor allem bei literarischen Disputen geht die Überzeugungskraft der Teilnehmer eher aus deren Stil hervor, der scharfsinnig und mitreißend sein kann, als aus den verwendeten Argumenten.

Polemiken können geführt werden, um Widersacher von einem anderen Standpunkt zu überzeugen, doch sie können ebenso zum Ziel haben, eine eigene, abweichende Erkenntnis zu begründen. In letzterem Fall dient die Kontroverse dazu, eigene Auffassungen von denen anderer abzugrenzen und somit eine Klarheit der eigenen Stellungnahme zu schaffen.

Ein Pastor schreibt einem Philosophen: „Philosophie ist doch im Grunde nichts anderes, als in einer dunklen Kammer nach einer schwarzen Katze zu suchen, die es faktisch nicht gibt?"

Worauf der Philosoph dem Pastor schreibt: „Ist Religion im Grunde nichts anderes, als in einer dunklen Kammer eine schwarze Katze zu suchen, die faktisch nicht da ist und anschließend zu rufen: *Ich hab' sie!*?"

Denn Tim kapiert nicht,
was Tom kapiert
und Tom kapiert nicht,

was Tim kapiert.
Wenn Tim Tom kapiert
und Tom kapiert Tim,
verschwindet das Tim und Tom
Her und Hin.

Doch Tim kapiert nicht,
was Tom kapiert
und Tom kapiert nicht,
was Tim kapiert.
Wenn Tom Tim kapiert
und Tim kapiert Tom
dann machen Tom und Tim
nur noch Klimbim.[13]

-26-
Das ist nicht mein Bruder

Sitze im Wartezimmer eines kleinen Krankenhauses am Stadtrand von Paris. Meine Frau hat sich derart in den Finger geschnitten und muss deshalb die Wunde nähen lassen. Als der Arzt sein Sprechzimmer öffnet, um sie zu begrüßen, überschlägt sich beinahe mein Herz. Der Arzt gleicht meinem längst verstorbenen Onkel Frans wie ein Ei dem anderen. Die gleichen stechenden, lachenden Augen, der Schurrbart, der Mund, das Haar, die Haltung. Ich schaue ihn konsterniert an, unsere Blicke kreuzen sich, er lächelt und verschwindet mit meiner Frau im Sprechzimmer. Manchmal passiert es, dass man jemanden sieht und denkt: Verdammt noch mal, das ist doch diese oder jener.

Habe einst im Foyer eines Hotels, ich glaube, es war in Mainz, einen Klon mei-

nes Großvaters gesehen und mich echt arg zurückhalten müssen, um nicht zu ihm zu gehen und ihn zu fragen:
„Opa, warum erkennst du mich nicht? Ich bin doch dein Enkelsohn. Aber du bist doch eigentlich tot? Wie ist das möglich? Schau, ich bin es, Herman, der Sohn deiner Tochter Alberdina."

Vor rund 20 Jahren sah ich einen Doppelgänger von Rod Stewart. Damals noch ein strammer Popsänger. Wir saßen nebeneinander im Frühstücksraum eines Hotels in New York. Nach längerem Zögern ging eine Frau auf ihn zu.
„Mein Gott!", rief sie, „Sie ähneln so sehr..., ach ich komme nicht auf seinen Namen..."
„Rod Stewart", sagte der Mann neben mir und ergänzte: „das höre ich öfters."
„Zum Glück, denn sonst wäre das jetzt echt peinlich.", entgegnete die Dame. Sie blieb noch kurz stehen und gab dann mit

einem Augenzwinkern dem Doppelgänger zu verstehen, dass sie ihn deutlich attraktiver fand als das Original. In diesem Augenblick kam der Kellner zu dem Mann und sagte:
„Herr Stewart, Ihre Frau wartet in der Hotelhalle."

Mein Onkel Frans, der Bruder meiner Mutter, war ein Geschäftsmann. Er saß sonnabends in der Synagoge, sonntags in der Kirche und war in der Textilbranche als Markthändler tätig. Ich höre ihn noch mit seiner Zigarre im Mundwinkel sagen: „Tweed, schottische Arbeit, knittert nicht, sitzt gut, fusselt nicht und ist einfach zu waschen." Er verkaufte Damen- und Herrenunterwäsche, Taschentücher und Stoffe.

Onkel Frans trug, genau wie damals alle Leinwandstars, einen dünnen Schnurrbart, der aussah wie ein Holzkohlestrich. Wenn ein Kunde das Wort an ihn richtete, hörte er bereitwillig zu, den Kopf leicht schräg geneigt wie eine Amsel. Funkeln in den Augen. „Was belieben Sie zu wünschen?"

Die Intonation seiner Stimme im leichten Utrechter Dialekt verriet unendliche Redegewandtheit und die feste Gewissheit, dass er das, was immer der Kunde wünschen würde, auch anbieten könne. Nicht selten verschwand er dann kurz hinter seinem Stand, um sogleich mit einer Eindruck erweckenden Stoffrolle unterm Arm zurückzukehren. Die warf er dann gespielt lässig über die gestapelte Unterwäsche, schlug daraus eine Damenunterhose auf und sagte mit fester Stimme: „Für die Dame." Danach spähte er durch seine Wimpern die Kurven ihres Körpers ab. „Ich sehe Sie es schon tragen. Pure Baumwolle", flüsterte er. "Es ist wirklich purer Zufall, dass ich diese Rolle noch vorrätig hatte. Knittert nicht, kneift nicht, kratzt nicht. Kann man getrost in die Waschlauge geben."

Oh ja, Onkel Frans verstand die Kunst des Verkaufens wie kein anderer. Im Gegensatz zu einem Geschäft, wo das Anpassen und Abmessen von Stoff Aufgabe einer Verkäuferin ist, passte mein Onkel Frans die Stoffe, und dies vorzugsweise bei einigen hübschen Damen, selbst an. Er verschwand dann mit der Kundin hinter dem Stand, wo sein komfortabler Lieferwagen stand.

„Herman, kannst du bitte mal kurz auf den Laden aufpassen?"

-27-
Das Nichts

Das Buch *The never ending story*[14] beschreibt, wie die Welt durch das Nichts bedroht wird, vom völligen Mangel an Fantasie. Die Welt ist fast schon untergegangen, bis ein Junge aus dem letzten Körnchen Sand eine neue Welt erschafft.

Auf dem letzten Flug von Space Shuttle Endeavour wird auch ein teils niederländisches Instrument mitgeführt, das zwischen den Teilchen, die aus dem Kosmos ansegeln, Antimaterie entdecken soll. Nach heutigem Kenntnisstand, so lese ich, entstand beim Urknall ebenso viel Materie wie Antimaterie. Auf unserer Erde besteht alles aus Materie, aber alle bekannten Materieteilchen haben auch Antiteilchen. Ob das genauso viele sind, lese ich hier nicht und weiß ich auch nicht. Es scheint logisch, dass alles was existiert, auch nicht existiert. Zumindest nicht für das Auge. Das war für mich immer schon ein faszinierender Gedanke. Im Weltall ist viel mehr Masse vorhanden, als in Sternen und Systemen erkennbar ist. Was die dunkle Materie darstellt, ist noch unbekannt. Endeavour hofft, Antworten zu finden.

Es gibt Bäume, die haben Wurzeln in der Erde, die größer sind als die Bäume selbst. Mir kommt die Geschichte eines Dichters in den Sinn, der sich fragte, ob der Mensch vielleicht auch Wurzeln hat, in Form eines unsichtbaren Ich, das ihm oder ihr – gleichsam einem Schattenmenschen – in allem folgt.

In einem ungefähr 2000 Jahre alten Buch spricht man vom Heiligen Geist, der in den Menschen gefahren sei. Ganze Völkerstämme glauben an eine unsterbliche menschliche Seele. Oder auch ich, der manchmal glaubt, dass *Es* malt, *Es* singt, dass meine Hand, meine Stimme Verlängerungen von *Etwas* sind, das mich führt.

Endeavour kann uns helfen, Einsicht zu erhalten in das, was ist und das, was nicht ist und doch ist, so dass man nicht länger darüber grübeln muss: bin ich allein oder zu zweit? Und was passiert, wenn der eine stirbt? Stirbt dann der andere auch? Und wenn nicht, was wird mein Antimaterie-Ich dann tun? Wird es traurig sein oder erleichtert?

Es ist ein leuchtender Herbsttag. Die Sonne hängt tief über dem Maisfeld und lässt alles in unserem Garten erstrahlen. Ich sitze auf einem Bänkchen auf einem Hügel, den wir den *Opa-Hügel* nennen, und schaue über das im Laufe der Jahre zusammengesungene Land. Ein Eisvogel streift über den Weiher, drei Bussarde sausen wie Trapezkünstler hoch durch die Luft. Eine

Herman van Veen – Für einen Kuss von Dir

Krähe tut sich gut an den Resten eines toten Hasen. In der Ferne rast ein Zug vorbei. Ich denke an meinen Vater. Nach dem Tod meiner Mutter zog er bei uns ein und machte jeden Tag nach dem Frühstück und bei Wind und Wetter einen kleinen Spaziergang. Zum einen, weil er das enorm genossen hat, zum anderen auch auf Anraten seines Arztes. Mein Vater hatte es mit dem Herzen. Bewegung war gut. Nicht zuviel, aber kleine Streifzüge doch. Jeden Tag nahm er sich vor, am Folgetag noch ein Stückchen weiter zu gehen, seinen Rekord zu brechen. Deshalb kauften wir einige Bänkchen, so dass er stets nach seinem neuesten Versuch ein Plätzchen fand, wo er sitzen konnte, um zu verschnaufen. So stapfte er am Montag von Bänkchen Nummer drei beim Weißdorn, zu Bänkchen vier. Die Woche darauf von Bänkchen vier unter dem Maronenbaum, zu Bänkchen fünf bei der Pferdetränke und daraufhin zur Bank Nummer sieben in der kleinen

Leerkes Allee. Heute sitze ich, mehr als zehn Jahre später, auf Bänkchen Nummer sieben und fühle mich glücklich, dass ich mit 65 Jahren hier einstweilen ganz allein sitzen kann, um dies aufzuschreiben.

Mutter Gottes und unsere Mutter. Voll Vertrauen bitten wir Dich: „Schenk uns etwas von Deinem Glauben und lehre uns, dem Menschen zu dienen. Hilf unseren Kranken und all denen, die schwer von Leid gezeichnet sind. Lass Glück und Liebe in unserer Familie wohnen."

Scherpenheuvel ist der meist besuchte und bedeutendste Marienwallfahrtsort Belgiens. Der Ursprung verschwindet im düsteren Mittelalter. Wahrscheinlich ist die belgische Stadt, die auf dem Weg zwischen Diest und Aarschot liegt, bereits seit dem 13. Jahrhundert ein beliebter Wallfahrtsort für Millionen Menschen. Auf dem steilen Hügel zwischen Diest und Zichem stand einst eine Eiche, die im Mittelalter Gegenstand von Verehrung war. Genesung von allerlei Qualen fand man bei diesem Baum. Im 15. Jahrhundert wurde an der Eiche ein Marienbild angebracht, das 1587 gestohlen wurde und das man durch ein zweites Bild ersetzt hat.

Ich sitze auf einem einfachen Korbstuhl in der heutigen *Unsere Liebfrauenkapelle* vor einem Altar, auf dem zwölf Kerzen in kristallsilbernen Leuchtern neben einer kleinen, schneeweißen Gestalt stehen; neben dem schlanken Figürchen der Jungfrau Maria. Weiße Lilien zu ihren Füßen, über ihr ein Lebensbaum, Heilige, düstere Bilder betender Menschen.

Heute Abend singen wir hier in Scherpenheuvel, nur einen Steinwurf von dem Ort entfernt, an dem so viele Menschen noch glauben, dass Wunder der Welt niemals ausgehen. In aller Stille wage ich in

Gedanken das schneeweiße Wesen zu fragen:
„Ist Gott die Wahrheit?" und in meiner Vorstellung antwortet es:
„Die Wahrheit, Herman, ist die Wahrheit."

Der Astronom Stephen Hawking schreibt in seinem neuesten Buch, dass das Universum nicht von Gott erschaffen wurde. Nach tiefgründigen wissenschaftlichen Untersuchungen glaubt er nun, dass das Universum durch Schwerkraft aus dem Nichts entstanden ist. Was das Nichts ist, wird dabei nicht erklärt. Glauben Sie mir, Nichts existiert nicht. Wir nennen etwas Nichts, weil wir nicht in der Lage sind, zu beweisen, dass Nichts etwas ist. Es gibt keine messbaren Fakten, also ist kein anderes Wort vorhanden als Nichts. Einst wird man das Nichts als unvermeidliches Gegengewicht von Etwas entdecken. Die Entdeckung des Nichts wird dann die wissenschaftliche Welt auf den Kopf stellen. Wir werden dadurch nicht länger an ein Missverständnis glauben müssen, sondern verstehen dann den großen Zusammenhang; nämlich dass Etwas nur durch die Gnade dessen existieren kann, das wir heute noch einfachheitshalber *Nichts* nennen.

„Herman, woran denkst du?" fragt das Wesen.
„An nichts", antworte ich.

-28-
FREUNDIN

Weiße Augenbrauen hatte sie schon immer, auch als sie noch eine Welpe war.

Sie stellte auch damals schon, wenn sie irgendetwas hörte, nur ein Ohr auf. Das andere benutzte sie als Reserve, das nur dann stand, wenn sie etwas Verdächtiges vernahm.

Ihre hellen kastanienbraunen Augen kamen von mütterlicher Seite. Lady of the Lakes, Dame Border Collie.

Ihre schwarze, feuchte Nase, die sie überall hineinsteckte, ähnelte objektiv betrachtet dem Rüssel eines Elefanten. Schwarzweiß gefleckt war sie wie eine Kuh. Schnell war sie, so flink wie ein Hase, wachsam wie ein Wolf. Und wie sie vor Freude wedeln konnte, wenn man nach Hause kam, zum Kühlschrank ging oder die Schublade aufzog. Sie setzte sich vor den Fernseher oder auf Omas Stuhl, um dicke Bücher zu lesen. Danach plumpste sie neben uns in den Schlaf und man konnte hören, was sie träumte. Schnarchen konnte sie wie mein Vater und mein Opa. Ganze Wälder wurden da abgesägt.

Sie tat so, als ob sie nicht so schnell laufen könne, als ihr unser Opa nach seinem leichten Schlaganfall im Dezember nicht mehr folgen konnte und sie tollte mit den Enkeln herum – mit eingezogenen Zähnen. Sie ließ sich von meiner Frau gegen das Fell streicheln, knurrte zur Warnung jemanden auf dem Weg an. Lag im Halbschlaf vor der Tür, hinter der der Jüngste oder der Älteste schlief, nagte an einem künstlichen Knochen, schlang wie ein Hungerleider, schlabberte so, wie alle Hunde das tun.

Sie wurde alt, blind, taub, lief überall dagegen, kackte auf die Läufer, pieselte

Spuren durchs ganze Haus, spie nach dem Essen alles wieder aus, blieb liegen, wo sie hingefallen war.

Mit ihren weißen Augenbrauen, dem einen Ohr, ihren hellen kastanienbraunen Augen, der schwarzen, feuchten Nase, den einst so flinken Pfoten und dem weiß gepunkteten Schwanz haben wir sie zwischen der Kirche und dem Bronzeengel, zwischen ihrem Mann und der Katze begraben.

Und wir..., wir sind traurig nach sechzehn gemeinsamen Jahren und streicheln einander tröstend gegen das Haar.

-29-
ZUKUNFT

*I*ch sitze bei strahlendem Sonnenschein auf der Terrasse einer Sushi-Bar in einer ruhigen Wiener Straße. Ein Mann mit einem Turban auf dem Kopf und mit rabenschwarzem, getrimmtem Bart läuft ernst auf mich zu.

„Ich muss unbedingt mit Ihnen reden. Es passiert etwas. Darf ich mal eben die Linien Ihrer Hand sehen?"

Ich gebe ihm erstaunt meine Hand.

„Interessant", murmelt er in einem Englisch, das man auch in Filmen wie Die Mumie hört.

„Sie sind nicht reich und nicht arm", sagt er.

„Ich werde Ihnen die Zukunft vorhersagen. Das kostet Sie 100 Euro." Noch bevor ich antworten kann, redet er weiter: „Oh, da steht etwas in den Sternen, das Sie kei-

neswegs verpassen sollten."
Ich lasse mich ein bisschen davon anstacheln. Er reißt flink ein Stück von meiner Zeitung ab, schreibt mit einem Bleistift etwas darauf, knüllt es zusammen und drückt es mir in die Hand.
„Das müssen Sie ganz festhalten. Wann sind Sie geboren?"
„14.03.45."
„Sie sind ein Fisch und sechsundsechzig Jahre."
Okay, das hatte er ja schon gut drauf.
Er erkundigt sich nun, ob ich das Papierstückchen auch noch gut festhalte. Ich öffne meine Hand, um es zu beweisen. Er nickt und drückt meine Finger etwas umständlich wieder zusammen. Ich würde alt werden, meint er und eines natürlichen Todes sterben. Und im August... ja, im August würde etwas passieren. Was, das wüsste er noch nicht, dies koste fünfzig Euro extra.

„Sie sind nicht arm und nicht reich." Ich will die fünfzig Euro unter keinen Umständen bezahlen. Finde es auch so schon üppig genug. Er schaut mich lange und forschend an.

„Ich finde, Sie sind ein netter Mann. Ich werde es Ihnen also erzählen - auch ohne Aufpreis. Vielleicht, wenn Sie darüber erfreut sind, können Sie mir danach noch hundert Euro geben. Also, im August erwarten Sie gute Neuigkeiten! Sehr gute Neuigkeiten. Sie werden noch an mich denken. Haben Sie das Papierkügelchen noch in Ihrer Hand?"
Er faltet es auseinander. Auf dem Papier steht mein Geburtsdatum. Und dass ich Fisch bin. Und noch etwas Undeutliches. Ich frage mich, wie das möglich sein kann? Sollte das echt schon darauf gestanden haben, bevor ich es ihm gesagt hatte? Das wäre ja echt toll.

Abends im Bett drehe ich den Film des Erlebten langsam zurück und realisiere, dass er das Papierkügelchen beim Kontrollieren in meiner Hand rasend schnell durch das mit meinem Geburtsdatum ausgetauscht hat. Ich bin also am helllichten Tag magisch reingelegt worden.

Ich bleibe natürlich trotzdem neugierig auf die guten Neuigkeiten, die mich im August erwarten sollen.

-30-
JA, ICH WILL

Während ich vor der Kirche im Auto warte, lese ich, was ich gerade eben in Bezug auf einen Radiokommentar aufgeschrieben habe:

Vor allem war er Priester. Mehr noch als der Sorge um die wissenschaftliche Entwicklung der ihm anvertrauten Knaben galt seine Aufmerksamkeit ihrer religiösen Bildung. Er verstand seine Aufgabe an erster Stelle als eine apostolische. Niemals sah man den Pater strahlender vor Freude, als nach einem vollzählig besuchten Gottesdienst oder einem gemeinsamen Abendmahl. Groß war seine Bestürzung dann auch, als er vernahm, dass Bruder Johannes sich an einem seiner Jungen vergriffen hatte.

Herman van Veen – Für einen Kuss von Dir

Meine Frau klopft ans Fenster. Im wallonischen Brabant, unter dem Rauch von Brüssel, sitze ich jetzt neben meiner Frau auf einem Beichtstühlchen in der kleinen Kapelle. Draußen sind es 28 Grad, innen ist es katholisch frisch. Ich lausche einem Geiger, der, begleitet von einem Pianisten, so maßvoll wie möglich durch ein paar Capriccios flitzt. Heute werden die flämische Stephanie und der wallonische Gaetan heiraten. Er ist ein Cousin meiner Frau Gaëtane, sie wird in Kürze meine Nichte. Das Kapellchen ist sehr besonders und überall weiß. Maria mit ihrem Sohn und Männer mit Mitren stehen auf Sockeln in gefrorener Heiligkeit und schauen hinunter auf die versammelte Familie. Weiße Rosen schmücken die Wände, verhüllen den Altar. Ein Fotograf, dem es sichtbar zu warm ist, fotografiert schnaufend all das, was ihm vor die Linse kommt. Für später. Omas, Opas, Onkel, Tanten, Väter, Mütter, Kinder, Enkel, ein jeder im Sonntagsstaat und in froher Erwartung des Brautpaares. Pater Denis Kiatula wird die Worte vorsprechen, die gesungen und gesagt werden sollen.

Die Geschichte vom Fuchs und der Rose aus dem *Kleinen Prinzen* sowie aus den Korinthern 12,31 und 13,10 den Brief von Paulus, das Evangelium des Matthäus. Das Brautpaar kommt herein. Er am Arm seiner Mutter, sie am Arm ihres Vaters. Wir hören Sarah Brightman *No one like you* singen. Ich entdecke unterdessen, dass die Kapelle im Jahre 1902 renoviert wurde. Gaetan begrüßt bewegt und in drei Sprachen, auf Französisch, Niederländisch und Englisch, die anwesenden Gäste und Pater Kiatula erklärt alsdann, dass die künftigen Eheleute Gott als das Herzstück ihres Lebens sehen. Dieses unumwundene Bekenntnis berührt mich, meine Hand sucht die Hand meiner Frau und ich teile mit ihr etwas, das mit Worten nicht zu beschreiben ist.

Außer dem Licht, das aus ihren Augen leuchtet, kann nichts heller sein als das Licht selbst.

-31-
PATRICIA

Sitze nach einem langen Tag auf der Terrasse des, wie die Broschüre sagt, Leading Small Hotels Hugenpoet in Essen. Bin früh raus, mit dem Auto nach Goch, das liegt kurz hinter der deutschen Grenze bei Nijmegen, für eine Pressekonferenz über den Aufbau des Alfred Jodocus Kwak Hauses. Es wird ein künftiges Ferienhaus für Familien mit Kindern, die mit ihrer Gesund-heit zu kämpfen haben.

Wenn das Geld dafür gefunden wird, kommt das Haus in eine wunderschöne Lage, nur wenige Gehminuten von See und Wald.
Achtzehn Häuser sollen es werden mit Wohnungen, die ähnlich einem Fächer um ein ‚Biosphären-Haus' in Form eines riesigen Wassertropfens liegen. Angelehnt an

Herman van Veen – Für einen Kuss von Dir

den Text des Alfred Jodocus Kwak-Leibliedes:

Plätscher, plitscher Feder,
Wasser mag doch jeder,
geh schon mal nach Haus,
ich kommt ein Tröpfchen später.

„Heilpädagogisch, ökologisch beispielhaft und vor allem: für Kinder sinnlich lebensnah", so erklärt es ein Professor der versammelten Presse.

Meine Gedanken wandern zu Patricia. Sie schrieb mir einst ein Briefchen. „Lieber Herr Van Veen, können Sie nicht bitte einmal bei mir vorbeikommen? Ich liege in der Wilhelmina Kinderklinik in Utrecht. Die Ärzte sagen, dass ich nicht mehr lange zu leben habe. Würden Sie vielleicht ein Liedchen für mich singen kommen?"
Das Mädchen war so krank, dass es ohne Geräte nicht überleben konnte.

„Kannst du denn hier niemals weg, auf Urlaub zum Beispiel oder so?", fragte ich.
„Doch", antwortete Patricia, „wenn die Geräte und die Menschen, die sie bedienen, dann mitkommen können."
„Und gibt es einen Ort, wohin ihr dann gehen könntet?"
„Nicht, dass jemand davon wüsste."

Ich habe Freunde angerufen, Firmen, Organisationen. Wenn es für diese Kinder nichts gibt, dann musste etwas gefunden werden. Ein Haus, in dem Mädchen wie Patricia etwas Schöneres als Krankenhauswände und Fenster mit Ausblick auf parkende Autos genießen können. Das sollte doch möglich sein!

Aber es würde Jahre länger dauern, als Patricia noch zu leben hätte. Ich musste es ihr sagen. Sie schaute mich mit erstaunten Augen an, ergriff meine Hand und kniff mich so, wie nur Mütter das können.

Und dann, als unser Colombinehaus in den Niederlanden eröffnet wurde, war Patricia, entgegen allen Erwartungen, unser erster Gast. Als ob sie auf uns gewartet hätte. Sie ist in der letzten Urlaubsnacht in *unserem Haus* gestorben.

Ich dachte heute an sie, während die Männer dort sprachen und hoffe, dass das neue Haus in Goch für kein Kind zu spät kommen wird.

-32-
ABSCHLUSSPRÜFUNG

Barbara, die Tochter unserer Nachbarin, hat gerade ihre Abschlussprüfung gemacht. Heute Abend gibt es ein Fest an ihrer Schule. Sie hat sich, wie ihre Mutter erzählt, ein Sissi-Kleid gemietet.

„Aber weißt du denn schon, ob du bestanden hast?", frage ich.

„Nein, das erfahre ich erst morgen."

„Aber was ist, wenn du durchgerasselt bist?"

„Nun, dann habe ich wenigstens ein schönes Fest gefeiert."

So eine Abschlussprüfung ist natürlich Nonsens. Wenn jemand weiß, ob ein Schüler erfolgreich seine Ausbildung abgeschlossen hat oder nicht, dann sind es seine oder ihre Lehrer. Sie haben das Kind die ganze Zeit hautnah erlebt. Was sagen schon richtig platzierte Kreuze, abrufbares Wissen oder irgendwelche Kenntnisse wirklich über den Charakters des Schülers und seine Fähigkeit zu selbständigem Denken aus? Wie kann man in wenigen Stunden ein komplettes Bild von einem Zeitraum erhalten, der fünf oder sechs Jahre angedauert hat? Der Faktor Zufall ist doch zu groß, als dass man meines Erachtens von einer fairen Beurteilung reden könnte. Dieser Ansicht war ich auch damals schon, als ich durch die Aufnahmeprüfung für das Montessori-Gymnasiun in Zeist gefallen bin.

-33-
VERIRREN VERBOTEN

Zwischen Stehlampe und Decke hat eine kleine Spinne unbemerkt ein paar Sträßchen aus glänzenden Fäden gewebt. Fäden, die man nur dann sieht, wenn man die Glastür zum Flur in behutsamer Weise öffnet. Nicht zu langsam, nicht zu schnell. Vielleicht etwas zögerlich, so als ob man nicht mehr genau wüsste, ob man gerade hinein- oder hinausgehen wollte. Das ist übrigens etwas, das mir neuerdings immer öfter passiert. Im Grunde genommen ist das schön, denn sonst hätte ich wohl diese hauchdünnen Fädchen nicht gesehen. Sie zittern leicht, weil ich soeben die Zeichnung meines Enkelsohns, die er für mich in der Schule gemacht hat, auf einen Bücherstapel gelegt habe. Dadurch regte sich die Luft. Die Spinnfädchen sind verblüffend lang. Die Zimmerdecke ist sicher vier Meter hoch. Dass so ein kleines Tier das alles in sich hat! Emsig klettert es hinauf und hinab, als ob es nicht wüsste, was es eigentlich wollte?

„Wonach schaust du?", fragt meine Frau, die ihren Mann hochkonzentriert ins Nichts starren sieht.

„Ich wusste nicht mehr, ob ich hinein- oder hinausgehen wollte und dann sah ich dieses Spinnwebchen."

Und jetzt weiß ich gar nicht mehr, wohin ich gehen wollte.

-34-
KALT

Ich sehe alles, die Blumen, die Bäume, die Luft, die Vögel, die Wiesen, die Berge, das Meer, die lustigen Dinge, wenn Zeit dafür ist. Die Bücher, die Bilder, die Gedichte – sie müssen nicht gut sein – die Worte, die kleinen Webfehler, das Getränk – vor allem den trockenen Wein – die Fische, die Schatten im Wald, den Pfad, die Sackgasse, die Väter, die Mütter, die alten Menschen, den Kies vor dem Haus, den Schornstein, die Kinder, das Obdach, die Steine, das Wasser, das Skelett, die Stadt, die Flaschen, die Hühner im Stall, die Regenjacken, das Schulbuch, die Unterhosen, die grauen Socken und den Regenschirm, die Lampe auf dem Tisch, die Nägel in der Wand, den Abstand zwischen uns, die Tannenwälder, den Boden, die schwarze Erde, den messerscharfen Spaten, das Moos..., wie es ist. Ein alltägliches Ereignis wie Essen bekommt durch Weihnachten plötzlich Bedeutung. Man kann darin ein Bedürfnis nach Liturgie erkennen.

Meine Tochter und ihr Mann haben ihr Haus verkauft und anschließend ein Haus gekauft. Ein Stückchen weiter oben, in derselben Straße. Etwas größer, etwas geräumiger. Sie können noch nicht einziehen und wohnen deshalb mit ihren beiden Kindern vorübergehend bei uns. Den Jüngsten, einen Knaben von fünf, necke ich gern.

„Jesses, wie ist meine Wange doch kalt!", sage ich jeden Tag aufs Neue. Dann klettert er auf meinem Schoß, zieht sich hoch, legt seine kleinen Arme um meinen Hals und gibt mir auf die angeblich kalte Wange ein Küsschen.

Vorgestern bin ich von einer langen Reise heimgekehrt. Utrecht, Dresden, Prag, Wien,

Graz, Salzburg, Vaduz, Utrecht. Fliegen war wegen einem Unwohlsein des Vulkans unter dem Eyjafjallajökull-Gletscher auf Island nicht möglich. Als ich zu Hause ankam, machte ich mich auf die Suche nach den beiden Enkelsöhnen. Ich fand sie im Kaminzimmer, ineinander verschlungen auf der Couch vorm Fernseher.

„Hallo Opa", sagten sie stereo.
„Hallo Jungs!"
„Na, du wirst aber sehr kalte Wangen haben.", murmelte der Jüngste.

Da ist ein Mann, der tot ist.
Ein Kind, das niemals lebt,
ich schnüffle durch ein Leben,
kann nichts damit beginnen.
Es ist gut, dass es vergeht. [15]

Ich denke an meinen Vater. Gemeinsam fuhren wir jedes Kinderjahr mit dem Fahrrad zum Weihnachtsbaummarkt auf den

Janskerhof in Utrecht, um einen Baum zu kaufen. Mein Vater tat dies mit größter Sorgfalt. Er nahm mit den Augen Maß, rüttelte am Baum, prüfte den Wuchs. „Ein guter Weihnachtsbaum ist wie eine schlanke Pyramide." Hatte er einen nach seinem Geschmack gefunden, wurde der Baum wie eine Wurst in Strick gebunden und vorsichtig auf das Fahrrad gelegt, mit dem Kreuz auf dem Gepäckträger. Und dann liefen wir stolz mit unserem Baumbesitz vom Markt nach Hause. Daheim hatte meine Mutter – wegen eventuell abfallender Nadeln – auf dem Weg zum Wohnzimmer Zeitungen ausgelegt. Meine Schwestern und ich durften anschließend die Verzierungen reichen, während mein Vater, auf einem Küchenhocker stehend, vorsichtig die zerbrechlichen Sächelchen am Baum aufhängte. Nachdem alles fertig war, gingen die Kerzen an und der Baum bekam von uns allen Applaus. Wir setzten uns an den Tisch und aßen Erbsensuppe mit ein paar Scheibchen Hermawurst. Vater genehmigte sich ein junges Schnäpschen, wir Kinder tranken Brauselimonade und Mutter nippte am Kräuterbitter. Und ein Stündchen später erzählte mein Vater dann immer wieder von Weihnachten im Krieg, als es noch keinen Frieden auf Erden gab und so.

Ich schaue unseren Baum in glücklicher Traurigkeit an. An Tagen wie diesen vermisse ich vor allem die Stimme meines Vaters: „Herman, magst du mir vielleicht einen oder gern zwei Schokoweihnachtskringel vom Weihnachtsbaum borgen?"

Die Menschen schauen gern ins Feuer und nicht nur die Pfadfinderbewegung meiner Jugend förderte diese Neigung. Unter dem Vorwand, unbedingt trockenes Laub und Zweige verbrennen zu müssen, kann man in zahlreichen Kleingärten Väter beobachten, die mit leuchtenden Augen heimlich ihre Schwäche fürs Kokeln zugeben.

Herman van Veen – Für einen Kuss von Dir

Ich starre in die Flammen des Feuers,
das ich im Kamin gemacht habe. Sie tanzen blau, gelb und rot und ich döse mich in den Schlaf und träume:

Buddha nimmt seine Koffer,
Jesus zieht mit der Kneifzange
die Nägel aus seinen Händen,
Mohammed steigt auf sein Moped,
die Post streikt,
Busse fahren nicht,
Vögel bleiben sitzen, wo sie sitzen,
Schnecken eilen davon,
kein Tropfen will zum Meer,
der Wind legt sich,
die Toten kriegen Juckreiz,
kein Hund auf der Straße,
keine Katze im Sack,
kein Tumor, der noch wächst,
kein Clown, der weint,
kein Pierrot, der um das
Verschwinden des Mondes trauert,
Orchester schweigen,

Herman van Veen – Für einen Kuss von Dir

Tänzer starren auf ihre Zehen,
Lehrerin Jansen von der dritten Klasse
beißt auf ihre Unterlippe,
eine sterbende Oma setzt sich auf,
ein Baby schreit nicht mehr,
der Fußball liegt auf dem Punkt,
die Schachfigur auf der Seite,
der Fernseher rauscht,
das Radio schweigt,
kein Klingelton schrillt,
das Internet liegt flach,
keine Brummfliege brummt,
keine Grille zirpt.
Das Känguru und das Kamel,
der Elefant und die Mücke,
der Esel im Stall,
sie alle stehen still,
so still wie die Dinge.
Die Welt hält den Atem an.

„Opa, Opa!", höre ich irgendwo in der Ferne. „Opa, es schneit."

Herman van Veen – Für einen Kuss von Dir

Wo die Kälte so scharf wie Glas
durch jede Faser drang,
wo der Ochse Hebamme war
und der Esel der Arzt,
wo die Scheibe zerbrochen
und der Hahn erfroren war,
dort wurde einst
auf seines Vaters Jacke
das Kind geboren.
Und es gab seinen ersten Ton
in seiner Mutter Arme,
und der Ochse blies seinen Atem aus,
um es zu erwärmen. [16]

Es ist kurz vor Weihnachten. Im Schatten der schneebedeckten Liebfrauenkirche in Antwerpen stehe ich mitten in der Nacht auf dem Großen Markt und schaue mit Bewunderung einem Schaufenstermaler zu. Der Mann malt in eisiger Kälte mit sicherer Hand und schwungvollen Buchstaben *Glückliche Weihnachten* auf das große Fenster eines Restaurants. Mit einer Spraydose zaubert er danach super gekonnt eine Reihe Tannenbäume auf die Scheibe und kurz darauf schaut mich auch ein lachender Weihnachtsmann an. Dazu passend noch zwei Rentiere. Fertig! Ruckzuck hat er ein finsteres Fenster in eine fröhliche Weihnachtsszene verwandelt. Er packt sein Sachen zusammen und geht, eine kleine Melodie pfeifend, hinein in die Nacht. Auf dem Großen Markt ist jetzt alles bereit für den morgigen Wintermarkt. Die Glocke der Frauenkirche schlägt zwei Uhr.

   Ich schlage meinen Kragen hoch und singe leise und beseelt von drei Glas trockenem Weißwein von Frieden auf Erden und der Menschen Wohlbehagen und gehe durch die weißen Straßen zu meinem Hotel.
Der Tag war lang, die Nacht ist schön. Ich halte kurz inne, schaue zu den Sternen und flüstere: „Vielen Dank."

-35-
DIE MUTTER VON TOON HERMANS

Die Mutter von Toon Hermans lehrte ihren Sohn, dass alle Sterne Löcher im Fußboden des Himmels seien. Mein Opa erzählte uns: „Tauben fliegen bis hinauf zu den Wolken und schlafen in der Kirche. Und über den Wolken schweben Engel und darüber, im Himmel, wohnt Gott inmitten der toten Menschen, die wieder lebendig geworden sind."

Mein Großvater, der über Gottes Absichten komplett informiert war, hätte heute, wenn er noch leben würde und im Fernsehen die Waldbrände in Russland, die Überschwemmungen in Pakistan, das brechende Eis in Grönland, das Öl im Golf von Mexiko, das Austrocknen der Flüsse in China, die AIDS-Epidemie in Afrika oder die resistenten Bakterien in London sehen müsste, wie eine Gewitterwolke losgedonnert und dann vor dem Abendessen mit gefalteten Händen und geschlossenen Augen gerufen: „Herr, verschone uns arme Sünder in deinem gerechten Zorn. Sieh gnädig auf uns hernieder und leite die Blitze deines Zornes woandershin. So bitten wir Dich. Amen."

Er würde den Herrn dann stehend loben und ihm danken, dass nicht wir, sondern viele andere getroffen worden sind und auch dafür, dass Gott scheinbar viel, viel Wert auf Oma und meine Schwestern legen würde, weil weder unsere Straße in Brand geraten war, noch die Oudegracht überflutet wurde, ja dass all diese Katastrophen an unserer Adresse vorbeigegangen sind.

Mein Großvater hatte einen Schlaganfall. Sein Gesicht verzerrte sich. Er konnte nicht mehr reden, stammelte alles durcheinander. Ich hatte manchmal Angst vor ihm.

Herman van Veen – Für einen Kuss von Dir

Wie er da stand, mit seinem Wanderstock fuchtelnd und rief: „Ich weiß, dass Du da bist, komm nur zum Vorschein, Herr!" Er schlug dann wild gegen die Vorhänge und ich wusste, dass hinter dem Vorhang ein Fenster war, das Ausblick gab auf das schwarze Wasser.

Nun, da ich selbst Opa bin, weiß ich, dass es so nicht ist, das mit den Engeln und Gott und so. Über den Wolken ziehen Flugzeuge Streifen am Himmel und das All darüber ist unbeschreiblich groß und vor allem voller Rätsel. Von Gott, der dem Weihnachtsmann ähnelt, wurde bisher nie etwas vernommen, auch wenn einige Leute behaupten, Worte und Zeichen von ihm empfangen zu haben. Ich denke einfach, sie glauben das. Es zu wissen, ist etwas völlig anderes.

Genau genommen finde ich es ziemlich schade, dass die Bilder, die mein Opa zauberte, nicht in echt existieren. Denn es erscheint mir doch im Grunde recht gemütlich: Engel, die auf Wolken schlafen und ‚von der Menschen Wohlbehagen' singen oder von *Gloria in Excelsis Deo*. Gott, der mit einem Lächeln weise dasitzt, mit all den erstaunten Menschen um sich herum, die froh sind, dass sie weiterhin vorhanden sind.

Als Kind habe ich in Gedanken oft mit Gott geplaudert. Habe ihm alles erzählt und vor allem, um alles gebetet. Meist vor Nikolaus, Weihnachten und vor meinem Geburtstag. Und auch, dass meine Mutter wieder gesund werden sollte und so. Und wenn ich dann bekam, was ich wollte, bedankte ich mich bei ihm in meinem Kopf.

Hin und wieder mache ich das heute immer noch. Bei großem Glück oder großem Verlust. Gut, man weiß, dass es Gedanken sind, aber es sind nicht nur Gedanken.

Denn inzwischen haben wir gelernt, dass Gedanken, ob gedacht, gesagt oder gebetet, durchaus etwas bewegen. Messbar in Wellen und vielleicht unterwegs zu dem, was unwahrscheinlich scheint, um dann, dort angekommen, ein Loch in den Boden des Himmels zu denken.

-36-
ZIMMERMÄDCHEN

Ihr, die ihr in Sicherheit lebt
in behaglicher Wohnung,
ihr, die ihr abends beim Heimkehren
warme Speise vorfindet
und vertraute Gesichter:
Bedenkt, ob das ein Mann ist,
der im Schlamm schuftet,
der Frieden nicht kennt,
der kämpft um ein Stück Brot,
der stirbt für ein Ja oder Nein,
Bedenkt, ob das eine Frau ist,
die kein Haar mehr hat
und keinen Namen,
die zum Erinnern
keine Kraft mehr hat.
Leer die Augen und kalt ihr Schoß
wie im Winter die Kröte. [17]

Herman van Veen – Für einen Kuss von Dir

Die Mädchen, die das Zimmer putzen, kommen von den Philippinen. Der Portier neben der Drehtür aus Bosnien. Das Fräulein am Schalter wurde in Bangladesch geboren. Der Taxifahrer in Marrakesch. Die Bodenstewardess bei den Koffern kommt aus Casablanca. Der gewissenhafte Mann vom Zoll ist von Hause aus Jugoslawe. Die Serviererin mit dem Cappuccino wurde in Graz geboren, aber ihr Vater floh aus dem Kongo. Die Dame an der Kasse ist aus Prag, und die Toiletten werden von drei stillen Russen sauber gehalten. Der Herr, der neben mir pinkelt, ist aus Israel. Bei der Kontrolle meiner Koffer runzeln drei strenge Türken ihre Stirn. Der Mann, der schimpft, dass auch ich vor der Metalldetektor-Schleuse meine Uhr abzunehmen, meinen Gürtel zu entfernen und meine Sonnenbrille nicht aufzubehalten hätte, ist ein Österreicher.
Und ich, ich bin ein Holländer und fliege nach Hause.

Hoch oben in der Luft lese ich, dass allein in Österreich pro Jahr 38.199 Hasen überfahren werden - mit absolutem Spitzenwert rund um Ostern.

-37-
IN DIESEM ZIMMER

Denke an Jacques Brel, an das, was von ihm übrig ist. Ein paar Knochen im Sand, seine Stimme in meiner Seele, während ich auch an mein kleines, nun großes Mädchen denke, das einst neben ihrem Fahrrad durch den Schnee nach Hause stapfte.

In diesem Zimmer mit dem frischbezogenen Bett. Ein Stückchen weiter spielt jemand Klavier bei geöffnetem Fenster.
Denke an eine Terrasse am Meer, weiße Blumen in einer Vase. Höre den Verkehr, ein Flugzeug in der Luft, während ich auch an meinen Opa denke, der immer die Asche seiner Zigarre auf seinen Schoß fallen ließ.

In diesem Zimmer mit dem frischbezogenen Bett. Ein Stückchen weiter spielt je-

mand Klavier bei geöffnetem Fenster.
Das Mädchen mit dem Kopftuch, das die Zimmer putzt, räuspert sich. Die Heizung klopft. Eine Taube kackt aufs Fensterbrett, während ich versuche mir einzuprägen, dass ich nicht vergessen darf, Zahnpasta und ein neues Uhrenarmband zu kaufen.

In diesem Zimmer mit dem frischbezogenen Bett. Ein Stückchen weiter spielt jemand Klavier bei geöffnetem Fenster. Während ich daran denke, wie die katholische Familie nun eine andere Dimension erfahren hat.
Beinahe zweitausend Jahre herrschte in der Kirche die Auffassung, dass die Gläubigen auf der Erde mit den Heiligen im Himmel und den Seelen, die sich noch in Läuterung befinden, untereinander verbunden sind. Das Band ist das Gebet. Es reicht jetzt absolut nicht aus, nur um Vergebung zu bitten. Jetzt, da wir alle wissen, dass viele Priester nicht wie Heilige gelebt haben. Die

Herman van Veen – Für einen Kuss von Dir

vollständige Offenbarung der Geschehnisse ist unerlässlich und die Schuldigen müssen nicht nur vor Gott, sondern vor allem vor den Opfern Buße tun.

Jemand macht das Fenster zu.

-38-
JAN

Gestern spielten wir in Lübeck. Müde und glücklich saß ich nach der Vorstellung im Hotel auf einem bequemen Sofa vorm Fernseher, um die Nachrichten zu schauen. Zwanzig Minuten Elend und anschließend jemand, der verkündete, dass der Frühling in der Luft hinge. „Prima Fischwetter!", würde mein Vater sagen.

Ich muss so oft an ihn denken. Tote Eltern tauchen in allem was wir tun und denken immer wieder auf. Vor allem an Geburtstagen. Der Cousin sticht mit der Kuchengabel in ein Cremeschnittchen. Du siehst den Kuchen im Mund deines Vaters verschwinden. Deine Tochter reibt einen Limonadenfleck mit etwas lauwarmem Wasser aus dem netten Shirt ihres Sohnes. Du siehst die Hände deiner Mutter. Manchmal frage ich mich, wie mein Vater auf die Geschehnisse von heute reagieren würde, auf das Zerbrechen seines Sozialstaates Holland, die Erhöhung des Rentenalters, auf die skandalöse Bereicherung von Bankdirektoren, das Q-Fieber oder das Aufkeimen der *neuen Bewegung*. Ich sehe es vor mir: Er knallt die Türen, flucht, redet laut mit sich selbst:

„Sie krächzen Parolen, wecken kollektive Emotionen, die nicht auf Tat-sachen beruhen. Sie lieben Schwierigkeiten, denn dann können sich diese Halunken mittenrein setzen." Er würde eine Aktion planen, ginge mit seinen Kumpels auf die Straße demonstrieren. Und meine Mutter würde fragen: "Jan, und vor welcher Kneipe steht ihr dann?"

-39-
Glauben sie mir

In der Lobby des stattlichen süddeutschen Hotels warten in komfortablen Sesseln einige Damen auf mögliche Kundschaft. Wie alt sie sind, ist nicht zu erraten. Jede Zahl zwischen 30 und 60 könnte stimmen. „Glauben Sie mir, die sind teuer", sagte mir der Taxifahrer noch gerade eben.

Ich kann mir ganz und gar nicht vorstellen, dass die Frau, zu der ich jetzt schaue, eine Hure sein soll. Sie trägt ein dunkles Kostüm, darunter eine leichte weiße Bluse, hohe Absätze, die Beine in durchsichtiges Schwarz gesteckt, ihr Rock ist vielleicht etwas zu kurz. Sie schlägt ihre Beine ewig langsam übereinander, beugt sich vornüber, um etwas aus einem Schälchen zu nehmen. Für den Bruchteil einer Sekunde sehe ich die Wölbung ihrer Brüste. Als sie sich aufrichtet, sieht sie mich an und lächelt, fegt dann mit ihrem kleinen Finger ein freches Löckchen aus der Stirn, nimmt das Handy aus ihrem Täschchen und fängt an mit jemandem zu sprechen, der dafür sorgt, dass ihr wunderschönes Gesicht ernsthaft wird.

Ein Mann kommt durch die Drehtür in die Lobby, sucht mit den Augen, läuft vergebens eine Runde, fragt die Frau im Kostüm gestikulierend, ob der Stuhl neben ihr noch frei sei.

Sie nickt. Er setzt sich. Die Frau klappt das Handy zu, der Mann spricht sie leise an. Ich kann nicht hören, was sie sagen. Verhandeln sie? Nimmt er sie gleich irgendwohin mit oder bleiben sie im Hotel? Sie lachen.

Durch die Drehtür spaziert jetzt ein kleines Mädchen mit einem Rucksack auf den Schultern. In ihrer fröhlichen roten Jacke hüpft sie sogleich der Frau entgegen. „Mama", sagt sie und danach etwas Unverständliches. Die Frau steht auf, nickt dem Mann zu, zieht ihren Mantel an und geht Hand in Hand mit ihrer Tochter aus dem Hotel.

Etwas in mir ist erleichtert.

-40-
DER LETZTE SCHNEE

Auf der viereckigen Schale liegen einträchtig eine Mandarine, eine Birne, ein Apfel, Weintrauben und drei Schokokekse. Dazwischen steckt ein weißes, zusammengefaltetes Kärtchen, auf dem steht, dass mich Ernst-Friedrich und Sylvia von Kretschmann in ihrem Leading Small Fünf-Sterne-Hotel *Europäischer Hof* in Heidelberg herzlich willkommen heißen. Seit 1865.

Das leckere Stillleben auf dem gläsernen Tisch verschwindet in meinem Magen in Begleitung von einem trockenen Heppenheimer Riesling. Heute Abend spielten und sangen wir im wahrhaft prächtigen Kongresshaus dieser jetzt verschneiten, berühmten deutschen Stadt. Wir kamen anlässlich des zweitältesten Chansonfestes in Deutschland, bei dem ich die Ehre hatte, Schutzherr zu sein. Der weiße Wein zeigt allmählich seine Wirkung. Als auch die Birne als Letzte verschwunden ist, sind meine grauen Zellen leicht benebelt und lassen mich das Leben etwas rosiger sehen. Eine gewisse Milde bedeckt glückliche und bange Erinnerungen der letzten Zeit. Im Nachgeschmack des Weines liegt so etwas wie ein zarter Frühling.

Etwas, das ich gestern auch entdeckte, als ich von daheim wegfuhr. Auf dem Weg, entlang der verschneiten Weiden, konnte ich es sehen: die Zweige werden unverkennbar dicker. Wir werden es nicht aufhalten können. Die Tage werden wieder länger. Die Nächte kürzer. Die Kälte zieht sich zurück. Die Sonne macht sich auf, um unsere Herzen zu erwärmen.

Und Emanuelle, unsere Buchhalterin, ist schwanger.

-41-
Guten Abend

*K**larer Morgen*
weißer Schnee, weißer Schnee.
Ich verlasse mich auf Kinderträume
und einen Stock, mit dem ich
eine Geige streiche.[18]

„Guten Abend!", sagt der Mann von der Tagesschau. Erdbeben. Jegliche Verbindung zur Außenwelt abgebrochen. Wir sehen eine Filmaufnahme. Eine Frau ruft etwas in die Nacht. Kein Mensch wird je wissen, was es war. Die Nation ist geschockt.
Der nachfolgende Bericht: Eine selbstgebaute Bombe in Afghanistan. Ein niederländischer Soldat auf einem Fahrrad und anschließend etwas über Bankkartenbetrüger und Junkies. Ein knapper Report über Banken: Alles ist unter den Teppich gekehrt, die Würfel sind wieder einmal gefallen.

Herman van Veen – Für einen Kuss von Dir

Ich habe eine Kerze angezündet und halte in der leeren Dunkelheit einen Moment inne. So ein kleines Ding aus Wachs bringt Linderung für unsere Herzen.

Bin nach Hause gefahren. Alles dreht sich weiter. Mühe, Zweifel, Ängste. Es ist eine ewige Suche nach Wärme und Zärtlichkeit. Die Geschichte ist leicht vorauszusehen. Morgen beginnt es von vorn. Wir ziehen weiter mit dem Regen oder suchen Schutz vor einem Wolkenbruch.

Und ein neuer verspielter Wind, der mich viel Gutes hoffen lässt, wirbelt durch den Garten. Es folgen Tage, Sonnen, Monde, Tierchen im Regen, Klee, Butterblumen.

Ruf mich an. Maile mir. Simse mir. Küss mich.

Ich vermisse dich.

-42-
GEDANKEN

Das weltweite Klima der vergangenen, sagen wir, drei Millionen Jahre ist gekennzeichnet vom Kommen und Gehen von mehr als sechzig Eiszeiten, was vor allem durch eine sich wiederholende Neigung der Erde verursacht wurde. Die Dauer eines solchen Neigungszyklus beträgt ca. einundvierzigtausend Jahre. Der letzte Zyklus liegt rund achtzehntausend Jahre zurück. Laut verschiedener Berechnungen dauert es noch mindestens fünfzigtausend Jahre, bevor hier auf Erden wieder eine solche Eiszeit entstehen kann. Aber auch das Klima könnte durchdrehen, meinen dieselben Wissenschaftler. Beispielsweise dann, wenn die Ozeane zu sauer werden, der warme Golfstrom stoppt, wenn es zu wenig Eis gibt, um das Sonnenlicht zu reflektieren, wenn Methan vom Meeresboden freigesetzt wird oder auch bei Dauerfrost (das ist Boden, der mehr als zwei aufeinanderfolgende Jahre gefroren bleibt). Wie diese Veränderungen jedoch aussehen werden und wo sie enden, darüber herrscht große Uneinigkeit. Wissenschaftler stolpern übereinander und die Klimamodelle werden immer weniger verlässlich, je weiter man sich von der heutigen Situation entfernt.

Den ultimativen Gau zeigt uns der Planet Venus. Auf dem Niveau der chemischen Elemente gleicht die Venus der Erde, ist also ungefähr dasselbe. Doch durch die andere Zusammensetzung der Atmosphäre ist sie wie ein Inferno, ein Krematorium, ein Ofen. Wegen einem anfänglich minimalen Temperaturunterschied im Vergleich zur Erde ist viel Wasserdampf in die Atmosphäre geraten. Dadurch wurde der Planet schnell aufgewärmt, Wasserdampf entwich an die Schwerkraft und verschwand im All.

Es gibt kluge Köpfe, die glauben, dass die Erde ebenso enden kann, aber die sind in der Minderheit. Sie wissen noch zu wenig, um darüber etwas Vernünftiges zu sagen.

Während ich dies lese, kommt mir ein Trauerzug in Utrecht in den Sinn. Ich war schon fast fünf und man schrieb das Jahr 1950. Vier schwarze Pferde mit Scheuklappen zogen einen flachen Wagen, auf dem ein mit weißen Blumen bedeckter Sarg stand. Dahinter liefen die Trauernden mit schwarzen Jacken und Hüten. Eine Hausfrau kam heraus und schüttete eine giftig dampfende Brühe aus einem Eimer in die Gosse. Die Pferde erschraken, scheuten auf und gingen in fliegendem Galopp durch. Der Sarg kippte auf die Straße. Genau am Janskerkhof konnte man die durchgegangenen Tiere wieder zur Ruhe bringen. Niemand wurde verletzt. Außer der Tote. Der brach sich ein Bein.

-43-
GRIPPE

*J*etzt ist hier.
Jetzt ist die Zeit,
um übermorgen
etwas hinterlassen zu haben.
Dafür musst du heute sorgen.
Für die Sterblichkeit.[19]

Da standen wir nun, die niederländischen Babyboomer, die Ausgelieferten, die Risikogruppe. Jeder oberhalb, knapp unter und um die fünfundsechzig war verpflichtet, sich impfen lassen. So, wie sich einstmals in biblischen Zeiten alle Bürger einschreiben lassen mussten, um gezählt zu werden. Impfen gegen die Influenza. „So behalten wir die Grippe im Griff", stand in dem Brief vom Doktor. Alles was also kahl, weiß oder grau, durch Herz-Kreislauf- und Lungenerkrankungen, Diabetes,

Nierenentzündungen oder durch Chemotherapie geschwächt oder gefährdet war sowie Frauen, die die dreizehnte Schwangerschaftswoche überschritten hatten, versammelte sich zu einem bunten Bürgeraufzug. Brav und ohne Anleitung. Der Bauer und der aufs Land Gezogene, der Nachbar und sein Gegenüber.

„Ja", sagt eine Dame in der Reihe, „bis zu meinem Vierzigsten war ich recht zufrieden als Frau, danach wollte ich ein Mann werden, denn die werden erst nach ihrem Vierzigsten wirklich anziehend."

Es hat etwas Bewegendes, dort so miteinander zu warten und entlang der Rhododendren nachzurücken bis hinein ins Medizinische Zentrum.

Die nassen Mäntel kommen an die Gardarobenständer, Ärmel aufkrempeln, Gekicher, Geplauder und wenn man fertig ist:

„Tschüss, bis bald! Bis zur nächsten Spritze gegen irgendeine neue Grippe."

„Man kriegt eine Spritze gegen $A(H_1H_1)$, nach der man sich eventuell ein paar Tage lang nicht lecker fühlen könnte, aber man kann jedenfalls keine Mexikanische Grippe kriegen.", sagt ein uralter Herr. Sollte es anschließend doch Beschwerden geben, dann könne man sich gern im Niederländischen Zentrum für Nebenwirkungen melden, steht da mit Filzstift an einer Wand geschrieben. An alles wurde gedacht, nun bleibt nur zu hoffen, dass das Virus nicht in eine andere Variante mutiert.

Was können wir dann ausrichten, und wie kann ich heute vorsorgen?

-44-
RUKUKU

An der Grabenseite stehen in der trockenen Herbstluft eine fast kahle Eiche und eine Birke. Nicht weit von einander entfernt. Die Unterseiten ihrer Stämme sind von Schafen glatt gescheuert. Was genau sind sie voneinander, diese beiden Bäume? Tante, Onkel, Nachbar, Nachbarin, Neffe, Nichte…? Was haben sie gemeinsam? Worüber wiegen sie, wenn der Wind weht? Worüber schweigen sie, wenn es windstill ist? Wissen sie, dass sie da stehen? Kitzelt es, wenn ein Rotkehlchen unsichtbare Dinge von ihren Zweigen pickt? Erkennen sie, dass ich hier bibbernd stehe und sie betrachte.

Jahrelang hat meine Frau versucht, ein Wort für meine Tochter aus erster Ehe zu finden. Was ist sie von ihr? Stieftochter klingt so schneewittchenartig. Ich finde, *Stief* ist ein hässlicher Begriff. Die Tochter meines Mannes? Zu lang und zu distanziert. Es gibt manchmal einfach keine Worte für das, was wir voneinander sind.

Ein Mann, der seine Frau verliert,
heißt Witwer.
Eine Frau, die ihren Mann verliert,
nennt man Witwe.
Ein Kind ohne Eltern ist eine Waise.
Wie aber nennt man Vater und Mutter,
deren Kind gestorben ist?[20]

Was sind die beiden Bäume am Wassergraben voneinander? Was sind wir von ihnen? Was sind sie von uns? Was ist der Himmel von der Erde?
Eine Taube fliegt über meinen Kopf und lässt einen Klecks Taubenscheiße auf meine Glatze fallen. Sie ist niemandem zugehörig. Ich bin etwas, worauf sie scheißt.

Monopoly

Die See
Ich vermisse nichts,
ich kenne sie bis ins kleinste Detail
und gemeinhin alles,
was dazugehört,
so wie ein kleines Kind
seine Mutter kennt:
jede ihrer Stimmungen,
ihre Kleider,
ihr Haar,
ihren Gesichtsausdruck,
ihren Gang und ihre Stimme
und wie es auch weiß,
was **Mutter** bedeutet.[21]

Schaut man von innen durch ein Fenster nach draußen, dann erscheint es oft, dass es stärker regnet, als es eigentlich regnet. Außer heute. Es regnet absolut in Strömen.

Herman van Veen – Für einen Kuss von Dir

Schon vierundzwanzig Stunden ununterbrochen. Eine Redewendung sagt: *Es schüttet wie aus Eimern.* Die Fenster weinen. Große Tropfen rinnen durch kleine Tropfen nach unten. Als Kind konnte ich dies lange und gebannt beobachten. Wenn ich krank war oder mich langweilte, dann starrte ich auf die über das Glas kriechenden Tropfen, die nicht vorhersehbare Wege glitten.

Regen weiß nicht, dass er regnet. Er tut es einfach. Fragt keinen. Er gießt ganz einfach drauflos, ob als Niesel- oder als Platzregen. Beginnt und endet ganz nach Belieben. Letzte Woche hatte er in Pakistan vollkommen freie Hand, weil der arme Mensch dort, um sich zu erwärmen, beinahe alle Bäume abgeholzt hat und dadurch nicht mehr genug Wurzeln vorhanden waren, die das Wasser austrinken oder aufhalten konnten. Tausende Menschen trieben ab. Das Wasser weiß nicht, dass es strömt – immer wieder hin zum Meer. So wie auch kürzlich in Polen. Es donnerte entlang alter Städte, alles in seinem Strom verschlingend. Eine braune Masse suchte ihren Weg hin zu manchem Tal. Immer schneller. Immer schneller. Über Straßen, Wege, Autobahnen. So rasend schnell, weil die Flussbetten gepflastert und betoniert wurden, weil die Abflussrinnen unter Asphalt verschwunden sind. *Heimsuchung der Naturkatastrophen* riefen die Schlagzeilen. Das Meer weiß davon nichts. Es steigt, es fällt, es brüllt, es rauscht, es kann so still sein wie die Tropfen am Fenster meines Hotelzimmers.

Am folgenden Tag fahren wir durch das hügelige Land von Mecklenburg-Vorpommern. Das Wetter hat sich aufgeklärt. Wälder, Felder, Seen, hier und da ein Fasan, ein paar schüchterne Rehe, ein Hase, ein Radfahrer, ein Dorf.
Auf einer zweispurigen Straße überholen uns auf irrsinnige Weise zwei Bekloppte

in einem grünen Auto, verfolgt von einem jaulenden Polizeiwagen.

Ein paar Kilometer vor Neubrandenburg werden wir winkend von einem Jungen gegrüßt, der auf einem Hügel seinen Drachen steigen lässt. Bilder strömen durch meinen Kopf. Neunzehnhunderteinundfünfzig, ich bin sechs Jahre, mein Vater und ich sind im Wohnzimmer damit beschäftigt, aus Holzleisten und Zeitungspapier einen Drachen zu bauen. Fürs Gleichgewicht bekommt er eine mit Papierstückchen ausgerüstete Schwanzschnur.

Wir gehen auf dem *Driehoekje* Drachensteigen, das ist ein kleines Weideland vor den Toren der Stadt. Lange tanzt der Drachen leider nicht in der Luft. Das Zeitungspapier reißt. Traurig trotten wir zurück nach Hause. In der nächsten Woche wollen wir einen neuen Drachen bauen. Diesmal ganz und gar aus glänzendem Drachenpapier. Auch dieser Drache packte es nicht. Nach fünf Minuten schon machte der Wind kurzen Prozess. Ich habe Mama gefragt, ob sie uns nicht einen aus Stoff basteln könne. So einen, wie er im Schaufenster vom Scherzartikelladen hängt. Das chinesische Exemplar eines Drachen, der Feuer speit, aus dünnen Bambusstöckchen und feiner Baumwolle.

Zwei Wochen später machen wir uns auf nach *Katwijk aan Zee*. Ich kann es kaum erwarten, am Strand meinen Drachen steigen zu lassen. Fantastisch. Nichts reißt, nichts bricht. Mein Stoffdrache fliegt wie ein großer Vogel über der Brandung. Das Seil straff in meiner Hand.

„Herman, Herman, magst du auch ein Eis?", rief meine Schwester aus den Dünen.

„Ja, aber ich kann nicht weg, ich lasse doch gerade meinen Drachen fliegen!"

„Bind' ihn doch einfach am Halsband vom Spitz fest!"

„Am Spitz?" Hm, er ist stark genug, wa-

rum eigentlich nicht? „Sitz! Bleib! Ich bin gleich zurück."
Ich rannte zum Eisverkäufer und schleckte dann das Eis, so schnell ich konnte. Scheinbar jedoch nicht schnell genug. Den Drachen haben wir mittags beim Leuchtturm unversehrt wiedergefunden. Vom Hund jedoch fehlte jede Spur.

Das Meer gehört allen und mir.

Ich fand es herrlich, hinter den Dünen zu zelten. Man konnte auch von dort aus noch das Meer hören. Er war immer da. Das Licht des Leuchtturms strich über die Dächer der Zelte. Am Morgen hörte man die Möwen schreien, ging zu den Fischersfrauen mit ihren weißen Mützen und schwarzen Umhängen und bewunderte, wie ihre flinken Hände kaputte Netze flickten.

Eines Abends hatten Papa und Mama Krach im Zelt. Mein Vater ist danach wieder mal für immer abgehauen. Meine Mutter war aber überhaupt nicht traurig. Als meine Schwestern und ich sie in Panik fragten, warum sie denn gar nicht traurig sei, antwortete sie:

„Er kommt doch sowieso bald wieder zurück".

„Und woher weißt du das so sicher?"

„Nun ja, seine Schuhe stehen noch da, er ist auf seinen Socken losgerannt."

Als mein Vater dann tatsächlich zurückkam, haben sie noch ein bisschen gewettert, schon bald danach aber durften wir draußen vor dem Zelt beim Gaslicht noch ein bisschen Monopoly[22] spielen. Mama und Papa wollten diesmal etwas früher zu Bett.

-46-
UNSINN

Ein Vorderrad, zwei Stühle, Plastikflaschen, flatternde Zeitschriften, zerrissene Kleidungsstücke, verkohlte Fetzen, verbogener Stahl, Scherben, ein Schulheft, Zeichnungen von Giraffen. All das sehen wir auf dem Bildschirm vorbeirauschen. Bis ins kleinste Detail. Wir sehen das, was nach dem Absturz eines Flugzeugs auf dem Flughafen von Tripolis in Libyen übrigblieb. Mehr als einhundert Menschen fanden den Tod. Ein Unglück, dessen Ursache gegenwärtig noch nicht bekannt ist. Ein Junge, Ruben heißt er, überlebte den Aufprall. Er liegt in einem Krankenhaus. Man spricht von einem Wunder. All das sehen wir. Den Schlauch in seinem Mund, die Nadel in seinem Arm, seine halbgeschlossen Augen. Männer sprechen in ungefährem Englisch über den Hergang und beraten, was zu tun ist. All das sehen wir. Den Schock auf den Gesichtern der Hinterbliebenen, die murmelnden Obrigkeiten, die professionellen Berichterstatter. Ein Bürgermeister kann seine Tränen nicht zurückhalten. Ein Moderator von CNN steht in einer Straße in Tilburg und deutet auf eine Haustür, hinter der eine ganze Familie nie mehr wohnen wird.

Und ich, der in einem Flugzeug immer Angst hat, schaue mit weißen Handknöcheln auf diese Bilder. Natürlich ist Fliegen prozentual viel sicherer als Auto- oder Bahnfahren. Aber das Wissen darum, bringt diese Opfer trotzdem nie mehr zurück. Uns bleibt, für ihren Frieden zu beten, mit den Hinterbliebenen mitzufühlen und aufzuhören, zu glauben, dass uns so etwas niemals passieren kann.

Am selben Tag. Eine nagelneue Stewardess, vom Scheitel bis zur Sohle frisch an-

Herman van Veen – Für einen Kuss von Dir

gestrichen, spricht uns gelegentlich hörbar, aber doch unverständlich an und bringt all jenen ein Schälchen, die zu erkennen geben, dass die Speise in ihrem Magen schneller steigt, als ihr Magen selbst.

Wir fliegen über die Alpen in einer blauen Boeing 737 von Südfrankreich zurück in die Niederlande. Es gibt einige Wolken am Himmel und leichten Gegenwind. Ich liebe Fliegen nicht. Die Stühle sind zu klein, der Raum ist zu eng, es ist unmöglich, sich mal eben die Beine zu vertreten und man sieht zudem nicht, wer da vor einem fliegt.

Meine Frau sitzt am Fenster. Sie liest. Mit einem Lächeln schlägt sie ruhig Seite für Seite um. Eine Biografie über den sowjetischen Prima Ballerino Rudolf Nurejew. Dann und wann hält sie inne, um mir zu erzählen, was sie gerade gelesen hat. Er hatte kein einfaches Leben. Die Russen wollten ihn erledigen, nachdem er im Ausland Asyl gefunden hatte. Das ist den Schuften aber Gott sei Dank nicht gelungen, sonst würde meine Frau jetzt nicht so froh dasitzen.

Ich höre Getuschel hinter dem blauen KLM Vorhang und verstehe, dass unser Steward heute Abend das erste Mal mit einer neuen Flamme ausgehen wird. Er erzählt seiner Kollegin überraschende Details. Sein neuer Freund kommt aus Apeldoorn, ist Innenarchitekt, kann herrlich tanzen und scheint ein meisterhafter Küsser zu sein. Hinter mir sitzt eine Frau, die unregelmäßig bellend hustet, wodurch sich das wenige Haar, das ich noch habe, bewegt. Hoffentlich ist das, was sie da wegbellt, nicht zu ansteckend. Wir müssen morgen in Koblenz singen, da kann ich auf eine Erkältung genauso wie auf Zahnschmerzen sehr gern verzichten.
Wir sinken etwas. Der Himmel ist violettblau. Links von mir knallt die Sonne ein prächtiges Licht herein.

Ob ich noch etwas Tee möchte? „Gern, mit einem Keks." Sie servieren in dieser Boeing herrliche kleine runde Sirupwaffeln. In der Zeitung, die ich nochmals durchblättere, steht eigentlich nur lauter Elend. Unruhige Banken, Probleme mit dem nuklearen Abfall, drohende Terroristen, ein Report über einen pädophilien Bademeister, die üblichen Sportberichte, gute und schlechte Kunstkritiken, der Wetterbericht sagt Kälte voraus, Reaktionen von Leuten, die über das schreiben, was gestern in der Zeitung stand, eine Karikatur von Obama, abgebildet als eine Taube, die wegen der schweren Medaille an ihrem Hals nicht fliegen kann.

Der Himmel ist inzwischen herrlich dunkelrot. So dunkelrot wie das Lesebändchen in unserer Staatenbibel. Meine Oma kommt mir in den Sinn und ich höre in Gedanken ihre Stimme: „Gott hat den Menschen nach seinem Ebenbild geschaffen."

Das macht Gott zu jemandem mit vielen Gesichtern, sinniere ich. Unter mir erscheint Amsterdam.
„Würden sie bitte Ihren Sicherheitsgurt anlegen und auch Ihren Stuhl aufrichten."

Noch heute Morgen stand ich im Bäckerlädchen *Le bon goût du pain*. Vor mir warteten drei identische, in die Jahre gekommene englische Damen. Sie schienen soeben aus einem Harry Potter entflohen zu sein. Alle drei silbergrau, alle drei in einem anderen, aber ähnlichen Blümchenkleid und in Sandalen. Alle drei trugen sie ein Täschchen an ihrem linken Arm und jede eine Brille. Zusammen schätzte ich sie auf zweihundertvierzig Jahre.

„Trois croissants s'il vous plaît", verlangte die Mittlere.

„Oui, trois croissants", sagten die anderen im Echo.

„Das macht 2 Euro 40", sagte die Bäckersfrau.

Verwirrung. Die Damen flüsterten aufgeregt. Drei Portemonnaies gingen auf. Wie bezahlt man zu dritt 2,40 Euro?

Der Zug fährt um 9.20 Uhr von Amsterdam ab, hält siebzehn Minuten in Utrecht. Wie viele Minuten bist du dann zu spät in Antwerpen, wenn dein Zug nach Brüssel vier Minuten nach der geplanten Ankunft abfährt? Das waren Fragen, die man auf der Grundschule lösen musste. „Wer sagt denn, dass ich nach Brüssel will?", schrieb ich dann manchmal darunter, wenn ich die Antwort nicht wusste.

Die drei Damen wollten die Croissants unbedingt. Nach ein wenig Gescharre in ihren Geldtäschchen einigten sich die Drillinge und bezahlten passend. Sie würden die Angelegenheit mit dem Geld dann draußen auf dem Platz untereinander schon gut regeln. Sie wandelten aus dem Laden. „Au revoir!".

„Ihre Croissants!", rief die Bäckersfrau ihnen nach.

„Oh my Dear", sagte die hintere und kam mit einem Lächeln zurück, um ihre vergessenen Teilchen abzuholen.

„Oh, my Dear", sagten die beiden anderen.

Dann war ich an der Reihe, meine Bestellung aufzugeben. Ich sah im Spiegel hinter den Baguettes einen Mann mit einer Bulldogge hereinkommen. Die Ähnlichkeit war frappierend. Es ist ja biologisch erwiesen, dass Hunde ihre Herrchen nach der Ähnlichkeit auswählen. Wenn Gott also den Menschen nach seinem Ebenbild geschaffen hat, dann ähnelt Gott logischerweise auch, und das sage ich mit allem Respekt, einer Bulldogge.

„Vier Euro", sagte die Bäckersfrau und gab mir die vier Brötchen.

Ähneln Menschen auch dem, was sie

essen? Und wenn das so ist, gleicht Gott dann auch...

-47-
Ich werde ganz still sein

Ich werde wach von einem Glockenspiel. Wo bin ich? In welchem Hotel? Neun Uhr blinkt der digitale Wecker. Dritter Oktober. Tag der Deutschen Einheit. Die Bundesrepublik hat Geburtstag, wird heute sechzig Jahre und vor zwanzig Jahren fiel die Mauer. *Geteilt so einig, vereint so uneins.*

Schaue aus dem Fenster und bemerke, dass es still ist auf der Straße. Keine Zeitung hängt an meinem Türknauf. Im Fernsehen sehe ich Bilder vom Mickey Mao-Land. Auch die Chinesische Volksrepublik feiert ihr sechzigjähriges Bestehen. Auf dem Platz des Himmlischen Friedens bestaunen einhundertachtzigtausend Menschen bunte, schneidig marschierende Kolonnen und vorbeirollendes Kriegsgerät. Es hat etwas Angsteinjagendes. Präsident Hu Jintao preist das Volk und sich selbst.

Inmitten der gedrillten Festfreude liegt irgendwo auch stumm der einbalsamierte Leichnam des Mannes, mit dem alles begann. In einem Mausoleum, das viel zu groß ist für seinen windigen Leib. Unzählige Male aufgefrischt, geschminkt, nachgebessert. Noch stehen Tag für Tag Hunderte in der Schlange, um einen Blick auf das undichte Gesicht von Mao Tse-Tung zu werfen, auf den großen Vorsitzenden und Gründer der Volksrepublik China. Darüber, was er angerichtet hat und über seine Standpunkte wird beim Schälchen Reis nicht mehr gesprochen. Offiziell ist es heute so, dass man in China sagen darf, dass er siebzig Prozent Gutes und dreißig Prozent Schlechtes getan hat.

Die sogenannte Suite, in der ich wohne, besteht aus zwei Zimmern mit Balkon.

Es ist ein einfaches Zweibettzimmer mit Zwischentür zum Wohnraum. Zimmernummern neunhunderteins und neunhundertdrei. Zwei Schlüssel an zwei schweren Schlüsselanhängern für den Fall, dass man sie stehlen will. Fast vierzig Jahre komme ich alle drei Jahre hier in diese Stadt, um zu spielen. Immer vier Nächte. Jedes Mal wieder dieselben Zimmer.

Ich schlief hier einst, das ist rund fünfundzwanzig Jahre her, mit meinem Vater in diesem kleinen Doppelbett. Er in seiner Schlapperunterhose, ich mit meinen karierten Boxershorts. Habe damals kein Auge zumachen können. Mein Vater schnarchte formidabel wie ein ganzes Sägewerk. Und wenn er sich umdrehte, lief ich Gefahr, ein Auge blau geschlagen zu bekommen. Mein Vater wurde in diesem Hotel des vornehmen Schwimmbades verwiesen, weil er trotzdem tauchte, obwohl da sehr deutlich *No diving* geschrieben stand.

Auch die Bar ist noch da mit ihrer kleinen Tanzfläche und den Tischen, an denen wir Nächte mit Aloïs Kurzmann durchgesessen haben und über unsere inzwischen den Geist aufgegebene Zeitschrift *Pierrot* diskutierten. Das war ein Blatt für schöne Künste, in dem wir Menschen zu Wort kommen ließen, die in unseren Augen Vorreiter waren, die sich damit beschäftigten, die Welt zu verändern. Revolutionäre, Künstler, Tänzer, Wissenschaftler, Sänger, Musikanten. Wir hatten, und das sag ich mit gewissem Stolz, beispielsweise das erste Interview im Westen mit Michael Gorbatschow.

Das Hotel, in das uns Jochen Albrecht von unserer Schallplattenfirma Polydor alles besorgte, was nötig war, um lange Nächte zu überstehen.

Aloïs ist tot, Jochen ist tot. Aber ich weiß noch alles. Dieses Hotel, in dem wir mit

Hannovers radikal bittersüßem Dichter-Musiker Heinz Rudolf Kunze plauderten und an Texten feilten.

In diesem Hotel, in dem ich stundenlang mit meiner Frau am Telefon redete, als unsere Ehe noch an einem seidenen Faden hing. Nichts an diesen beiden Zimmern hat sich erneuert. Alles steht noch unverändert. Der Schreibtisch, der Schrank, das Tischchen, die Nachtschränkchen, sie sind nicht mehr glänzend braun, eher grau und übersät mit Flecken von Gläsern, Flaschen, ausgedrückten Zigaretten. Der Balkon ist verwittert, der Beton schon rot vom Rost. Ich wage es nicht, hinauszutreten. Der Teppich wellt sich an den Rändern. Er ist, genau wie die Schränkchen, übersät mit Beweisen für Umgefallenes, Getropftes, Gekleckstes, Umhergeworfenes. Auch die Äpfel in der Schale ähneln diesem Anblick. Ich falle jedes Mal aufs Neue darauf herein. Immer wenn ich wieder nach Hannover fahre, denke ich: Sie werden doch das Hotel inzwischen ganz bestimmt renoviert haben.

Jetzt aber reicht es mir. Ich habe es satt. Als ich mich nach dem Duschen abtrockne, bin ich von dem zu oft gewaschenen Handtuch voller weißer Fusseln. Ich brauche gut zehn Minuten, um die wieder abzuzupfen. Es ist einfach ein schlampiges Hotel, wenn auch mit besonderen Erinnerungen.

„Herr Van Veen, darf ich heute Nacht nicht bei Ihnen schlafen? Mein Fahrrad wurde gestohlen, der letzte Bus ist weg, ich habe kein Geld für ein Taxi. Ich muss hier morgen sowieso wieder bei einer Vorlesung für Psychologie sein. Ich werde auch ganz leise sein. Und wenn Sie mich dann küssen wollen, werde ich niemals jemanden davon erzählen?"

Das Hotel.

-48-
DER PFERDEMETZGER

Der Esel
War es vergebens,
dass er Maria trug,
die Jesus trug,
der die Menschen trug?
Es geschah immer zu früh
und war nie genug.

Ich erinnere mich an diese Worte, während ich einen Esel schreien höre und von der Küche aus fünf Pferde grasen sehe. Zwei gehören Barbara, der Tochter der Nachbarin, zwei Kim, unserer Pferdeflüsterin und eins meiner Frau. Die Tiere haben es gut bei uns. Einen Stall, eine Weide für den Winter, eine Weide für den Sommer. Regelmäßig kommt der Tierarzt zur Kontrolle, der Hufschmied zum Beschneiden der Hufe und Beschlagen der Eisen.

Herman van Veen – Für einen Kuss von Dir

Es gibt einen Reitplatz für große Runden, einen für kleine. Sie werden jeden Tag geritten, massiert, gesäubert und gestriegelt und ihnen wird sanft zugesprochen. Am Wochenende bekommen die Pferdedamen gelegentlich Zöpfe in die Mähnen geflochten. Ja, den Tieren geht es prächtig bei den Frauen Gaëtane, Barbara und Kim.

Wie anders erging es den Pferden aus meiner Kindheit. Gut fünfzig Meter von unserem Haus entfernt, war der Pferdemetzger. Ich durfte ihm beim Schlachten gern zur Hand gehen, um Fleisch für die Armen zu bereiten. Zuerst gingen wir auf dem Viehmarkt. Dort kaufte der Schlachter dann zwei Pferde. Vorzugsweise junge Reitpferde. Pferde von ein oder zwei Jahren, denn die hatten das leckerste Fleisch, saftig und mit feiner Faser. Die Farbe ist heller als bei älteren Pferden. Manchmal kaufte der Metzger auch ein Fohlen. Am liebsten eins von den belgischen Pferden, einen Brabanter, so zart wie Kalbfleisch. Die Tiere wurden getötet und aufgehängt, um nach einem raschen Schnitt in den Hals auszubluten. Blut, das benutzt wurde, um Blut- und Tiegelwurst zu machen.

Alles vom Pferd wurde verwendet. Die Mähnen für Bürsten. Das Fleisch für Steaks, Filet, Hackfleisch, Wurst. Abfallfleisch für Kroketten und Frikadellen. Wenn ich fleißig half, wurde ich mit einem zugebundenen Geschirrtuch voll mit Fleischstücken ganz nach meiner Mutter Geschmack bezahlt. Wir aßen das, weil es viel billiger war als Kuh.

Die Tatsache, dass Pferdefleisch viel weniger Fett hatte und reicher an Eisen ist als Rind- und Schweinefleisch, spielte dabei absolut keine Rolle. Ausgenommen in der Zeit, als ich an Blutarmut litt und Dr. Snijder meiner Mutter empfohlen hatte, dass ich deshalb vorsorglich mehr Pferdefleisch essen solle.

Vor kurzem habe ich gelesen, dass Pferde weder BSE noch Maul- und Klauenseuche, Schweinepest oder Vogelgrippe bekämen.

Einen Moment, einen ganz kleinen Moment lang denke ich an die Alternative, die ich da grasen sehe.

-49-
Alles klar

*Das ist der Teutoburger Wald,
den Tacitus beschrieben,
das ist der klassische Morast,
wo Varus steckengeblieben.*[23]

Am Fuße der Hügel des Teutoburger Waldes, was einst der Freistaat Lippe war, liegt Detmold, ein Kronjuwel aus der Biedermeierzeit und von zwei Weltkriegen verschontes Städtchen. An der Ecke der *Krumme Straße* wohne ich im *Detmolder Hof*, einem Fachwerkbau aus der Renaissance.

Ich liege in einem Himmelbett und lausche dem Erwachen der alten Stadt. Eine Frau geht auf hohen Absätzen energisch über die altertümlichen Steine der Straße. Ihre Schritte hallen. Wohin geht sie? Woher kommt sie? Kriegt sie Küsse? Warum

die Eile? Eine Autotür schlägt zu. Ein paar Tauben gurren. Ein Mann geht vorüber, der mit sich selbst redet. Ich verstehe nur: „Alles klar, alles klar." Er lacht laut. Die Kehrmaschine rauscht vorbei. Sie reinigt lautstark die Pflastersteine. Die Müllabfuhr folgt.
Dann Stille.
Ich höre meinen Magen knurren und schaue auf die Armbanduhr. Noch eine Stunde bleibt mir, bevor der Wecker klingelt. Jemand ist mit irgendwelchen Leitern beschäftigt. Die Tauben sitzen nun bei mir auf dem Fensterbrett. Worüber gurren sie?

Ich denke an früher, als ich noch bei meinen Eltern daheim war. Ich schlief damals auf dem Dachboden und konnte von meinem Bett aus die Tauben vom Nachbarn hören. Er hatte gut siebzig Stück. Wir nannten ihn den Taubenmelker. Er machte beim traditionellen Taubenflugwettbewerb mit und besaß sogenannte Taubenuhren.

Die Tiere in seinem Taubenverschlag waren richtig teuer. Eine Taube, so grau wie Schiefer, kostete gut einhundertzwanzig Gulden. Das war in etwa so wertvoll wie ein Fahrrad. Wie weit man eine Taube auch wegbringt, sie findet immer wieder ihren Weg nach Hause. Es ist ein Wunder. Was weiß sie von Magnetfeldern, was von Nord und Süd? Wie weit kann sie sehen?

Als ich klein war, ging ich mit den Tauben ins Bett und stand mit ihrem Gurren auf. Wenn ich sie heute höre, dann kehrt immer etwas Ruhe in mir ein.

Ein Knall. Noch ein Knall. Terroristen? Ein Überfall? Nein. Jemand schmeißt Punkt Sieben eine Dachschindel aus zehn Metern Höhe in einen leeren Container. Und noch eine und noch eine. Es regnet Krach. Das Dach von einem mindestens genauso schönem Haus wie das, in welchem ich logiere, wird neu gedeckt. Das Telefon läutet.

„Guten Morgen, Herr van Veen. Sie wollten geweckt werden. Es ist jetzt sieben Uhr."

„Dankeschön."

Ich stehe auf und ziehe die Gardinen auf, vergesse, dass ich völlig nackt bin und schaue in die alte Straße. Ich stelle mir vor, dass die Menschen, die da laufen, die von früher sind. Pauline zur Lippe. Eine deutsche Florence Nightingale. Johannes Brahms auf dem Weg in die königliche Schule, um Kindern Musik zu lehren. Der Dichter Ferdinand Freiligrath mit einigen Reimen im Kopf. Der Rabbiner auf dem Weg in seine alte Synagoge an der Lortzingstraße. Ich sehe auch den, nach dem ich benannt wurde. Hermann den Cherusker unterwegs mit erhobenem Schwert, um mit einer List die Römer zu besiegen. Der Befreier von Germanien.

Er war genauso ein Gast wie Asterix der Gallier, Bewohner des Dorfes Armorica

(Bretagne). Das war ein Dorf, dessen Bewohnern es mit Hilfe eines Zaubertranks immer wieder gelang, Widerstand gegen die römischen Invasoren unter Führung von Julius Caesar zu leisten. Ein Zaubertrank, der die Gallier bärenstark und unbesiegbar machte.

Wir sind für vier Tage in Detmold für einige Vorsprechen für die Musiktheatervorstellung *Ein Tag im September*. Schauspieler, Sänger, Tänzer, Jongleure, Clowns. Zu Hunderten kamen sie, um zu singen, zu tanzen und zu spielen. Ein Mädchen von fünfzehn Jahren sang ein englisches Lied über einen fressenden Krebs, eine andere über jemanden, der Ratten aus einer mittelalterlichen Stadt verjagt. Ein Clown aus Schweden mit russischem Akzent verwandelte das Auditorium in einem Nu in die Szenerie einer Geburtstagsfeier bei McDonalds. Ein prächtig gelockter Bariton sang über eine Auster, die in einem goldenen

Magen gelandet ist, die dann alles hatte, was sie suchte und starb. Ein Mädchen tanzte ein Solo und verlor ihr Gleichgewicht, aber das gehörte dazu, so dass wir umsonst aufgesprungen sind. Zwei Straßenmusikanten sangen ein eigenes Liedchen, von dem ich dachte: Ist das nicht von mir? Eine junge Frau mit Zöpfen, wie sie Romy Schneider einst trug, bezauberte uns mit ihrem wunderlichen Spiel.

Dienstagmorgen, 10.15 Uhr

Ein Schauspieler lehnt über dem Flügel, so wie man an einer späten Bar herumhängt: „Surabaya Johnny, warum bist du so roh, warum bist du nicht froh, ich liebe dich so. Du hast kein Herz Johnny…", stöhnt, keucht, schreit der stattliche kahle Mann aus Rostock. Eine Schauspielerin spielt nach Mackie Messer eine jüdische Frau, die, um im Konzentrationslager zu überleben, gezwungen wird, vor einem deutschen Offizier zu singen. Vor einem Mann, der in seiner Freizeit Puppenspieler ist. Das Stück, womit sie sich vorstellt, ist ein Fragment aus der Musiktheatervorstellung *Ghetto*, das ich einst in einer blutigen Inszenierung von Peter Zadek gesehen habe. Ein rabenschwarzer Mann aus Simbabwe tanzt zu seinen eigenen Faustschlägen. Eine faszinierende Blondine aus der Nähe von Stuttgart überzeugt mit einem irrsinnigen Lied aus Sissi. Ein Mann, der auf einem durch einen Staubsaugermotor angetriebenen Akkordeon eine Walzermusette musiziert, spielt das Lied für seinen Bruder, der als Soldat in Afghanistan dient. Und er betet und hofft, dass er wieder nach Hause kommt. Eine junge Schauspielerin sagt, dass sie tot ist und fragt, wie es uns geht?

Nachts, im Bett, singen, spielen, tanzen, sprechen all die jungen Menschen in meinen Kopf herum wie in einem Gemälde von Hieronymus Bosch. Es wird an die Tür meines Hotelzimmers gepocht. Jemand ruft, ob ich die Platte vom Phantom der Oper nicht bitte etwas leiser drehen könnte?

Morgen früh gurren die Tauben mich wieder ruhig.

-50-
Komm nur herein

"Die Tür ist nur angelehnt", sagte der Wolf, der sich als Großmutter verstellte. Der Jäger kam herein, zog sein Jagdmesser und ritzte den Bauch des Wolfes wie einen Reißverschluss auf. Die Oma kroch unter all dem Blut, Schleim und Gedärm hervor und die Kinder riefen: „Opa, Opa, noch einmal!"

So sah ihr Tanz, so sah ihre Ausgelassenheit aus. Doch die Söhne der Wölfe balgten sich ohne Geräusch, wohl wissend, dass ganz in der Nähe der Mensch, ihr Feind wohnte. Immer im Halbschlaf und erbarmungslos bewaffnet.[24]

Ich bin im Nationalpark du Mercantour im Departement Alpes-Maritimes, Südfrankreich, nur anderthalb Stunden entfernt von Nizza. Eine andere Welt ist das.

Herman van Veen – Für einen Kuss von Dir

Da oben in den Bergen, unter dem ewigen Schnee, sind sie seit Neunzehnhundertsiebzig wieder zurück: die italienischen Wölfe. Jetzt offiziell als Naturgut durch das französische Gesetz geschützt, dem Recht der Wölfe. Man kann sie manchmal sehen, wenn man ganz stille steht. So still wie ein Stein. Zuweilen entdeckt man sogar ein ganzes Rudel wie spielende Hunde.

Zwischen zwei Bäumen, in rund fünfundzwanzig Metern Abstand, steht so ein Wolf. Er schaut mich mit seinen gelbbraunen Augen an, die Ohren gespitzt und mit einer feinen Nase. Was muss das für eine Arbeit gewesen sein, so eine feine, schwarze Nase in solch eine zärtliche, braune Schnauze zu bauen. Man sieht ihn beinahe nicht. Es könnte gut und gerne auch etwas anderes sein, irgendetwas aus Holz. Ein Busch vielleicht, ein Stumpf, der mit den Augen blinzelt.

Wir schauen einander an. Ich höre mein Herz pochen. Es hat Angst. Ich auch. Ist mir bang wegen all den Märchen? Ja. Ich erinnere mich nur allzu gut an Rotkäppchen.

Er ist auch ängstlich. Ich bin seine größte Gefahr. Tausende Jahre schon weiß er, dass er und seine Familie auf dieser Menschenerde nicht willkommen sind. Wer bewegt sich zuerst? Wer haut als erster ab? Ich weiß es nicht. Sollte er sich womöglich auch fragen, was für eine Arbeit es gewesen sein muss, meine Nase zu dem zu machen, was sie ist? Ich weiß es nicht. Stehe noch immer da und wage mich nicht, genau wie er, nur einen Zeh zu bewegen.

Ich habe vergessen, wie lange ich da gestanden habe, aber ich erinnere mich noch genau, dass mir plötzlich einfiel, dass Godfried Bomans im Alter von neun Jahren für eine Fünf-Cent-Wette einen Wurm in der

Mitte durchgebissen hatte und anschließend der Meinung war, dass der Wettbetrag eindeutig zu niedrig gewesen sei. Er hätte echt mehr verlangen müssen.

-51-
EINE FRAU FEGT DIE TERRASSE

Sie summt irgendwas von früher. Duft von Kaffee mit Zimt. Eine Fliege ist entzückt von meinem wackelnden nackten Fuß. Ein leckeres Schokoladenbrötchen. Zwei Zitronenfalter, die von Blume zu Blume flattern. Ein Flugzeug, hoch oben in der Luft, zeichnet eine Spur in den Himmel. Wer wird darin sitzen? Was denken sie? Wie bang ist ihnen? Ein Stückchen entfernt mäht jemand Gras mit einem stotternden Mäher. Eine leichte Brise kommt von den Bergen. Eine Hummel nestelt sich an der Morgenzeitung entlang. Ein ängstlicher Hund kläfft heißer. Vögel zwitschern. Auf dem Tisch Kartons, Bücher und Papiere zum Lesen und Schreiben. Eine Elster krächzt eine Amsel weg. Ein Frosch quakt. Eine königsblaue Libelle berührt das Wasser. Eine kleine Eidechse flüchtet rasch vor einer anderen kleinen Eidechse unter warme Steine. Leichte Wolken treiben über dem Meer in unsere Richtung. Ein Hahn kräht so etwas wie *Guten Morgen!* Die Frau schmiert Protect & Bronze auf meinen kahlen Schädel und einen kleinen Wischer auf meine Nase. Jemand hört mit dem Mähen auf. Kein Flugzeug mehr am Himmel. Die Vögel schweigen. Die Hummel ist weggeflogen. Einen Augenblick lang kann man die Blumen hören.

Einst wohnte Maurice Ravel Aufnahmen seiner eigenen Streichquartette bei. Er saß im Kontrollraum und machte alle nur möglichen Vorschläge. „Das war wirklich sehr gut", sagte er am Schluss. „Sagt mir nur mal eben, wer der Komponist war." Was hat man davon, achtzig zu werden, wenn man keinen Namen mehr behalten kann und im Salon die Hosen fallen lässt, um hinters Sofa zu kacken? War man vor einem Jahrhundert statistisch mit Fünfzig am Ende seines Lateins, sind wir mit der heutigen Lebenserwartung etwa dreißig Jahre länger alt.

Mit dem Älterwerden nehmen unsere Zellen die Farben des Herbstes an. Auch ich gehöre inzwischen zu den älteren Menschen, weiß mehr und mehr von den Dingen, die vorübergegangen sind.

Ich kriege von meinem Gehirn unentwegt Bilder von Situationen, nach denen ich nicht gesucht habe und von deren Existenz ich auch keine Ahnung mehr hatte. Fünfzig Jahre nicht daran gedacht, Gedanken aus der Tiefe des Gehirns, Bilder, die erst jetzt im Alter auftauchen und wie Herbstblätter an meine Schädeldecke wirbeln. Die Bilder lösen einen Strom von Erinnerungen aus und schöpfen aus einem scheinbar endlosen Bewusstsein. Klar, detailliert und intensiv. Gestern erschienen auf meiner Netzhaut völlig unvermittelt und haarscharf die Sandalen, die ich einst als zehnjähriger Junge getragen habe. Inklusive der Sandkörnchen, die durch das Seewasser auf den Schnürsenkeln klebengeblieben waren. Meine Sandalen standen zum Trocknen am Strand, auf dem Handtuch meiner Mutter. Das war in *Katwijk aan Zee*, so, als ob es gerade eben wäre.

Es ist eine neurologische Tatsache, dass Nervenverbindungen, die nicht gebraucht werden, absterben. Hört man also auf, sein Gedächtnis zu benutzen, dann wird es sich mit Sicherheit auch verschlechtern. Ein Gedächtnis ist nichts anderes als beispielsweise Muskeln, die man durch Training stärken und vergrößern kann. Es geht jedoch nicht um Vorbeugung, sondern um Behalten.

Ich habe mir die Sandalen angezogen. Sie passen noch. Ich renne über die alte Eisenbahnbrücke längs der kleinen Bahnstation und komme in ein Dorf.

Herman van Veen – Für einen Kuss von Dir

Heute Nacht hat es geregnet. Der kleine französische Ort erwachte erfrischt. Ich setze mich auf eine Terrasse, bestelle mir warme Croissants und Kaffee. Der Mann neben mir in seiner blauen Latzhose bestellt sich einen zweiten *Pastis de Marseille*. Fünfundvierzig Prozent Alkohol. Es ist neun Uhr am Morgen. Ich blättere durch die *Paris Match*, sehe fürchterliche Fotos von einem Protestmarsch gegen das Wahlergebnis im Iran. Männer schlagen mit Knüppeln auf Demonstranten ein. Nach dem Grün der Hoffnung, nun das Blut der Unterdrückung. Verschleierte Frauen stürmen gegen Polizisten an, um ihre Söhne vor den Schlägen zu bewahren. Ein mittelalterlich anmutendes Foto von einem grimmig dreinschauenden Ajatollah Ali Khamenei. Ich erinnere mich an ein Stück von meinem flämischen Freund Frans Sus Verleyen. Auf seinem Grabstein steht: *Das Beste ist, das Rätsel zu vergrößern.* In seinem Artikel, den er, so meine ich, im Jahre 1980 verfasste, beschreibt er seinen Besuch beim Schah von Persien. Ein Gespräch, das er damals nur widerwillig einging, weil es seiner Meinung nach keinen Sinn machen würde, den wahrscheinlich ausschließlich zeremoniellen Worten eines Alleinherrschers zu folgen, einem Mann, der seine Rivalen schlichtweg erschießen ließ. Es erwies sich jedoch, dass er einem Vorurteil erlegen war. Der Schah war eine Persönlichkeit, der man sich nicht entziehen konnte. Er legte famose Ideen dar, sprach über Pipelines, Verbindungen mit der transsibirischen Eisenbahn, erzwungene Alphabetisierung, schnelle Brutreaktoren und über petrochemische Technologien. Der Freund verließ den Palast aufgrund der Begegnung mit diesem Cäsar ziemlich durcheinander. Ein neuer Mustafa Kemal Pascha Atatürk. Ein Monarch, der Frauen ohne schwarzen Schleier herumlaufen lassen würde und sie stattdessen lieber in einem Skianzug oder im Bikini am Strand sähe.

Herman van Veen – Für einen Kuss von Dir

Ich laufe in meinen Gedächtnissandalen zurück nach Hause und erinnere mich an das kleine Gummipüppchen, mit dem ich einst gespielt und das ich ganz und gar abgekaut hatte, als ich noch ein Knirps war. Ich erinnere mich auch an meine erste Geige, den Geruch von Grippe, an die Blümchentapete, die Stacheln auf den Wangen meines Vaters, den sonntäglichen Duft meiner Mutter mit dem kleinen Hauch von Schweiß. Erinnere mich das Licht in der Straße nach einem Regenguss, auch an die Zeitung mit den jungen Kätzchen, die ich in einem Mülleimer fand.

Ich erinnere mich an meinen ersten Kuss in der Abschlussklasse der Oberschule. Wir durften alle gemeinsam mit unserem Mentor, Maarten van Duinen, nach Österreich, Sankt Anton, um in den Bergen zu wandern und zum ewigen Schnee aufzusteigen. Geschlafen wurde in Berghütten der Österreichischen Alpenvereinigung. Die

Jungen bei den Jungen, die Mädchen bei den Mädchen. Die Lehrer und Lehrerinnen schliefen gemischt. Uns wurde erlaubt, Glühwein zu trinken und abends lauschten wir den Männern und Frauen, die sich beim Singen alter Weisen auf ihren Zithern begleiteten. Harmonische Lieder, die deutlich machten, wessen Blutes Mozart war. An einem dieser herrlichen Abende saß ich ganz allein auf einem Stein und starrte in den Sonnenuntergang. Die Sonne war so rot wie Blut. Ich habe überhaupt nicht bemerkt, dass sich jemand neben mich gesetzt hatte. Boukje hieß sie, die Haare blond wie Flachs, ihre Augen so blau wie Kornblumen, ihre Brüste so groß wie meine Handflächen. Hoffte ich.

Wie es geschah, weiß ich eigentlich nicht. Aber plötzlich, wie aus heiterem Himmel, drückte ich meine Lippen auf ihren Mund und sie die ihren auf meine. Und ich spürte ihre Zunge. Und Glut ging durch meinen

Körper. Ich wollte, dass das – genau wie der Schnee da oben – für ewig so bliebe.

Erinnere mich sogar noch an die Ameisen, die in einer langen Reihe..., während wir...

-52-
PERLHÜHNER

Perlhühner haben nackte, geierartige Köpfe, einen buckligen Körper und ein mit weißen Pailletten bedecktes Federkleid. Auf ihrem Schnabel sitzt eine Art hornige Nase und von ihren Wangen hängen beidseitig zwei blutrote Läppchen herab. Man kann nicht gerade behaupten, dass sie Mutters Schönste sind. Sie ähneln einander wie eine Schar Omis und gackern ohrenbetäubend. Man hört sie schon von ferne kommen. Ein Huhn schreit lauter als das andere.

Perlhühner kommen in der freien Natur nur südlich der Sahara und bei uns auf dem Lande vor. Ich persönlich finde sie vor allem witzig. Sie erinnern mich an die Schwestern meiner Mutter, die sich zu Geburtstagen auch auf diese Weise unterhielten, ganz vornehm taten und mehr oder weniger auch so gekleidet waren. An Sonntagen in schwarz und weiß und grau, mitunter hie und da ein Tüpfelchen Rot, ein Häubchen oder ein Hut.

Letzten Monat ist Herr Fuchs zu Besuch gewesen, hat sich einen stattlichen Teil meiner Hühner geliehen und eine lange Spur Federn hinterlassen. Bin zum Geflügelmarkt in Barneveld gefahren und habe eine Kiste Perlhuhn-Bruteier gekauft. Jeden Tag schlüpfen nun einige aus. Völlig außer Atem, nass und klebrig liegen sie dann zu sich kommend zwischen den Eiern im Brutofen. Ganz gleich wie klein sie zur Welt kommen, Perlhuhnküken sind sofort komplett. Sie müssen nur noch wachsen. Die gelben Bällchen mit den braunen Streifen laufen ruckzuck wie erwachsene Vögel umher. Sie gackern freilich noch nicht so laut, aber sind sogleich Teil einer Formation. Sie rennen selten allein umher, aber auf ein geheimes Zeichen hin stürmen alle gemeinsam in eine Richtung. Genauso wie Fische das tun, die durch ein unsichtbares Signal plötzlich alle gleichzeitig zur anderen Seite schwimmen.

„Wieso machen sie das? Woher wissen sie das?", fragte ich einst einen Biologen. Und er sagte:

„Sie schwimmen einfach immer dem Dicksten hinterher."

Meine Augen suchen im Brutkäfig, welches das dickste Perlhühnchen von meinen Perlhühnern ist, doch ich kann absolut keinen Unterschied erkennen.

Meine Frau ist gekommen. Ich höre sie aus dem Auto steigen und sehe, wie sie mit einer großen Plastiktüte ins Haus läuft. Im Einkaufsbeutel erspähe ich eine Schachtel mit womöglich meinem Lieblingsgebäck. Ich laufe intuitiv hinter ihr her, gefolgt von meinen Söhnen und dem Nachbarn.

-53-
ANDERS

Mein Enkelsohn, der glücklicherweise genau wie sein Großvater Fußball liebt, wurde an seinem Geburtstag von seinem Onkel, meinem Sohn, eingeladen, gemeinsam mit seinem Vater zu einem WM-Qualifikationsspiel der niederländischen Elf gegen Mazedonien zu gehen. Der Wettstreit wurde in Amsterdam ausgetragen, im Stadion von Ajax. Das ist nicht mein Club. Ich bin für Feyenoord und noch ein bisschen mehr für FC Utrecht. Mit diesem Club bin ich nämlich aufgewachsen.

Großvater, zwei Söhne, Enkelsohn, Schwiegersohn und Schwiegertochter vereinbarten also, sich am Haupteingang zu treffen. Zu sechst laufen wir vor dem Spiel mit Tausenden die Treppen hoch zu unseren Rängen. Mein Enkelsohn trägt zwei riesige orangefarbene Plastikklatschohren. Orange ist die Farbe unseres königlich spanisch-deutschen Mischlingsblutes. Wir Großen bescheiden uns mit hier und da einem Tüpfelchen Jaffa-Farbe. Um uns herum eine johlende Mehrheit orange herausgeputzte und ausgelassene Fußballfans. Auffallend viele Väter und Mütter mit ihren Kindern. Auch erstaunlich viele Surinamer, Antillaner, Indonesier, Marokkaner, Türken, Polen. Sah sogar orange verschleierte junge Moslemfrauen. Von überallher waren sie gekommen. Transparente mit *Viel Glück aus Dedemsvaart; Ihr Macht das Ding!* wünscht Kerkrade; *Hopp Holland!* aus Middelburg; *Niederlande Weltmeister* von einem Koos aus Dordrecht; *Wir fahren nach Afrika, Ibrahim ist der Beste*, meint Aissatti aus Utrecht; *Babel muss spielen* lese ich auf der breiten Stirn eines tiefschwarzen Mannes.

Überall um uns herum sitzen zwischen den unverkennbaren Holländern die alten neuen und die nagelneuen Niederländer. Jeder singt mit jedem. Jeder trinkt mit jedem. Jeder erhebt sich, als die Spieler aufs Feld kommen. Jeder jubelt beim 1:0, 2:0, 3:0, 4:0. Ein Mann aus der Türkei, der hinter mir sitzt, tippt mir bei jedem niederländischen Tor fröhlich auf meinen kahlen Schädel.

Mein Enkelsohn sitzt mit roten Wangen zwischen seinem Opa und seinem Vater. Er hat sich fest vorgenommen, einst in der niederländischen Elf zu spielen. Nach dem Spiel gibt es daran absolut keinen Zweifel mehr.

Als Niederlande zum vierten Male trifft, springt ein Antillaner vor mir herum und ruft etwas unverständlich Glückliches, was von einem Marokkaner in einem für mich anmutenden Kauderwelsch bestätigt wird. Sieben Jungen aus Volendam, holländischer geht es nicht, mit großartigen Ohrringen, fallen einander um den Hals und sprechen eine Sprache, die ich selbst als 64jähriger Niederländer nicht verstehe. Wohin ich auch schaue, was ich auch höre, jeder ist anders. Ist deshalb niemand anders?

-54-
WAS IST LOS?

„Was ist denn los?", fragte ich auf dem Bahnsteig einen Mann, der mir in Englisch antwortet, dass der Zug nicht abfährt. Es läge ein Baum auf den Schienen. Der nächste Zug sollte erst in einer Stunde fahren.

Ich fand auf dem Platz eine Kneipe und traf dort auf einen Mann an der Bar, der in sein Glas starrte und sagte: „Buddhismus ist eine Religion ohne Gott." Und kurz darauf: „Gott ist zu groß für Taoisten." Und als der große Zeiger auf halb vier sprang, sprach er: „In der Bibel stehen Märchen mit der Absicht, eine tiefere Weisheit zu verkünden.
„Gott ist kein Wesen. Gott ist die Wesenheit selbst. Schenk ruhig noch einen ein." Der Mann beschaute nun in Ruhe sein

Spiegelbild zwischen den Flaschen. „Credo bedeutet", fügte er hinzu, „ich glaube, ich vertraue. Mein Vater würde sagen: „Ich liebe", murmelte ich.

Er begann zu lachen, Tränen schossen ihm in die Augen. „Stell dir vor, dass Darwin mit seiner Evolutionstheorie Recht hat und es stimmt, dass Gott den Menschen nach seinem Ebenbild geschaffen hat! Dem steht ja eigentlich nichts im Wege. Dann ähnelt der Schöpfer einem Affen."
Mit dem Ärmel seiner Jacke wischte er sich seine Augen trocken und starrte in das gefüllte Glas.
„Ich sehe meiner Mutter ähnlich, ob ich das nun schön finde oder nicht.", sagte er daraufhin und begann wieder unbändig zu lachen.

Wir stiegen an der Station Disneyland aus, das ist ein Fleckchen Land etwas außerhalb von Paris. Eine Jahrmarktswelt, in der winkende Schneewittchen, Rotkäppchen, Donald Ducks und Minnie Mäuse in echt umherschlurfen. Ein Pluto kam kaputt einher. In seinem Plastik war ein Riss. Mein Enkel schaute das mit großen Augen an. Er hatte nun gesehen, was wirklich kaputt war.

Ich erzähle Ihnen jetzt gern eine Geschichte von Oscar Wilde, die ich einst gelesen habe und die ich mir für dieses Buch mal eben ausleihe. Es handelt sich um einen Mann, der ungewöhnlich gut erzählen konnte, obwohl er beinahe nichts davon erlebt hatte. Wann immer er zu sprechen begann, strömten die Menschen zusammen, um ihm atemlos zu lauschen, obwohl sie wussten, dass alles, was er erzählte, frei erfunden war. Eines Tages erdachte der Mann folgendes: Er war in einen Wald gegangen und dort ist erschien ihm eine Frau von blendender Schönheit. In ihrem Haar trug sie grüne und schwarze Perlen und in der Mitte der Stirn leuchtete ein blauer Saphir. Sie blickte ihm direkt in die Augen und lächelte. Dann winkte sie ihm mit ihrer schneeweißen Hand, aber er folgte ihr nicht. Er geriet immer tiefer in den Wald und traf plötzlich auf einen Pfau.

Der Vogel faltete raschelnd seinen Schwanz auf, der aus purem Gold zu sein schien. Aber der Mann ging vorbei und hinter dem Gebüsch kam ein Reh zum Vorschein. Es trug ein Geweih ganz aus Silber.

Als der Mann dies alles erzählt hatte, fragten ihn die Leute, ob er am nächsten Tag wieder in den Wald gehen würde, um ihnen abends zu erzählen, was er noch alles gesehen hätte. Er versprach es und siehe, als er am nächsten Tag in den Wald ging, begegnete er tatsächlich der Frau mit den grünen Haaren und dem Pfau und dem Reh. Der Mann kam zurück und die Menschen drängten sich um ihn.

„Erzählen Sie uns, was haben Sie heute gesehen?"
Und der Mann antwortete: „Heute, liebe Freunde, habe ich nichts gesehen."

-55-
Auf dem Schminktisch

Auf dem Schminktisch in meiner Garderobe lag ein kleines Geschenk mit einem Brief aus Amerika. Es war von einer Mutter und einem Vater, die vor kurzem ihren Sohn verloren hatten. Das Buch war als Dank für meine Lieder gedacht. Ihr Sohn hatte sie häufig angehört. Der Buchtitel *Tracking trash*, den man mit *Spuren des Abfalls* übersetzen kann, beschreibt, was die Menschen so alles ins Wasser werfen und was dann durch die Bewegung der Meere damit passiert. Man erfährt auch, wohin der Müll gelangt und auf welche Weise er dort verbleibt. Ich lese, dass sich Wissenschaftler, Interessierte, Naturschützer, Freaks, ja ganze Familien damit beschäftigen, sich darüber aufregen, diese Dinge einsammeln und der Welt darlegen, wie schädlich die oft unverwüstlichen menschlichen Einwegkunststoffe für die Natur sind. Container voller Nike Sneakers, Plastikentchen und Plastikschildkröten. Vor allem aber sind es Lego-Klötzchen. Die Welt ist übersät von Lego-Klötzchen. Ströme von Abfall treiben als unendliche Karawanen nach festem Muster durch die Ozeane, nesteln sich im Schlick, an Korallen, in Sand und Pflanzen fest. Beeindruckende Fotos von zauberhaften Fischen, die ihren Weg suchen und sich in dem verfangen haben, was die Menschen über Bord werfen, bebildern dieses bemerkenswerte Buch.

In Gedanken ging ich in einen Spielzeugladen. Dort sah ich drei Menschen gebeugt über eine Legoschachtel stehen. Einer der drei fragte mich: „Was sind denn die besonderen Eigenschaften dieser bunten Klötzchen? Wir kommen nämlich von einem anderen Planeten und fanden überall auf der Erde diese Plastikteilchen. Hoch oben im Himalaya, in der Sahara, auf dem Grund der Ozeane, am Nord- und Südpol... einfach überall."

„Es ist Spielzeug", sagte ich.

„Spielzeug?", fragten sie erstaunt.

Abends, nach der Vorstellung in Almelo, begegnete ich den aus Amerika angereisten Eltern des gestorbenen jungen Mannes. Ich überbrachte mein Mitgefühl, dankte ihnen für das erschreckende Buch und erzählte von meinen Gedanken im Spielzeugladen. Der Vater errötete. Ein Tröpfchen Schweiß rann ihm über die Schläfe. „Unser Sohn hat kurz vor seinem Tod noch ein großes Raumschiff aus Lego gebaut, und wir können es nirgends mehr finden."

Wer sagt mir, was die Liebe ist?

Wer sagt mir, was die Liebe ist...
Die Vögel, die Dichter oder der Wind,
das stille Wasser im tiefen Meer,
und macht die Liebe wirklich blind?

Ist es das Weideland oder ein Gedicht,
die Sterne hoch am Himmelszelt,
ein kühnes Herz, das Morgenlicht?

Der Sänger, der von Schönheit schallt,
der Maler, der in Farbe träumt,
ein Gegenstand der Zuneigung,
der Fluss, der hin zum Tale strömt?

Die Tugenden, die hinderlich sind,
der reiche Mensch, der nichts besitzt,
das Brot, das Wasser oder der Wein?

Herman van Veen – Für einen Kuss von Dir

*Die Seelen, sich fügend in ihr Los,
der Mutter Hände in ihrem Schoß?
Oder ist die Liebe doch
das Rätsel Gott...?*

Ich glaube es nicht.

Wer sagt mir, was die Liebe ist?

-57-
MacWorld

Der Niederschlag, der in der Atmosphäre unterhalb des Gefrierpunktes abgekühlten kristallisierten Wasserteilchen, hat das Dach der alten Kirche weiß gemalt. Eine wässrige Sonne lässt das kupferfarbene Zifferblatt der Turmuhr leicht aufleuchten. Die Bäume links und rechts vom Gotteshaus stehen da wie stramme, weiße Wächter. Rauch steigt aus dem Schornstein der Küsterwohnung. Ein Bild wie auf einer altertümlichen Ansichtskarte. Ich bräuchte nur noch *Fröhliche Weihnachten und Glückliches neues Jahr* darunter zu schreiben. In der Morgenzeitung ist auch ein Bild. Das Foto der schneebedeckten riesigen Spitze eines abgebrochenen Gletschers auf Grönland. Im Jahre 2007 hat das Tempo, mit dem das Sommereis am Nordpool verschwindet, die schwärzesten Vorhersagen weit übertroffen. Das Problem der globalen Erwärmung haben wir lediglich in unserer Vorstellung in Angriff genommen. Die Tatsachen lügen nicht. Nichtstun erweist sich als unbezahlbar.

Stell dir vor, du schaust von der Venus auf die Erde. Dann könntest du sehen, wie unser Planet im Sonnenlicht badet. Du würdest schwer glauben können, dass wir hier davon ausgehen, ein Energieproblem zu haben. Wie sind Menschen jemals auf die Idee gekommen, sich selbst durch das Ausbeuten von Energie aus fossilen Brennstoffen und Plutonium zu verbrennen und zu vergiften, während zur gleichen Zeit das Sonnenlicht in einem strahlenden Photonregen als konstanter Strom zu uns fließt?

Neben der Abbildung eines Gletschers ist auch ein Foto von einem Mann zu sehen. Er ist Essayist, jemand, der sich in Gedanken und Überlegungen versucht und

die er dann, wenn sie ihm gefallen, hübsch aufschreibt, so lese ich.
Die Menschen haben im 21. Jahrhundert im Wesentlichen die ganze Welt in Besitz genommen. Sie vermischten vollkommen ohne Verstand ehemals getrennte Ökosysteme. Beispielsweise das Mittelmeer, das durch den Suezkanal mit dem Roten Meer verbunden wurde, wodurch sich plötzlich allerlei Tierarten einander begegnen konnten. Die Folge war, dass die biologische Artenvielfalt in beiden Meeren immer eintöniger wurde.

Auch wenn das absichtliche oder unbeabsichtigte Verschleppen von Pflanzen und Tieren seit jeher geschieht – bei mir im Garten laufen beispielsweise Dammwild und Pfauen umher, die uns einst Marco Polo bescherte – ist die Chance heute größer denn je, dass durch die Globalisierung neue Arten in das eine oder andere fremde Ökosystem geraten. Sie kommen als blinde Passagiere mit dem Ballastwasser von Schiffen oder auch in geräumigen Frachtflugzeugen. Dadurch läuft die Welt Gefahr, in Zukunft von kosmopolitischen und opportunistischen Arten dominiert zu werden, wie von der Wasserhyazinthe, Tauben und Ratten.

In der Kunst ist es ebenso. Die Möglichkeit ist groß, dass wir künftig nur noch rappend miteinander kommunizieren.

Ein anderes gutes Beispiel ist die Kartoffel. Früher kam sie ausschließlich im Kleingarten meines Vaters vor. Jetzt hockt die altholländische Bodenfrucht weltweit in der Erde.

„Was können wir tun?", fragen wir den Mann auf dem Foto.
Die Hälfte der Artenvielfalt unserer Welt befindet sich in tropischen Regenwäldern, so schweigt er und die könnten wir noch

retten. Wenn wir z.B. nur fünfundzwanzig Eurocent pro Tasse Kaffee mehr bezahlen würden, wäre eine solche Rettungsaktion zu finanzieren.

Es ist nicht unmöglich und lediglich eine Frage des politischen Willens. Das größte Problem sind wir selbst. Wir, die kurzsichtigen Primaten. Warum nehmen wir uns nicht die kleine grüne Seeschnecke zum Vorbild, die sich der Photosynthese bedient. Sie, die *Elysia chlorotica*, holt sich wie eine Pflanze Energie aus dem Sonnenlicht. Das sollten wir auch machen. Es könnte die Erlösung für Natur und Menschheit bedeuten, wenn auch wir das Blattgrün ausnutzen würden. Obwohl, so schweigt das Foto weiter, es das Allereffektivste wäre, wenn wir Menschen allesamt verschwinden würden. Für diese gute Sache habe ich beschlossen, dass ich auf jeden Fall in ungefähr fünfzig Jahren aufbrechen werde. Inzwischen aber will ich eine Studie darüber machen, wie ich es ermöglichen könnte, wie eine *Elysia chlorotica* zu leben.

-58-
DER BRIEF

Die Sonne strahlt, der Himmel ist blau. Meine Frau fegt schmutziges Wasser von der Türschwelle, das auf den Fliesen glänzt und ihren Schatten haarscharf reflektiert. Das Geräusch des Besens wird vom Wind mitgenommen. Sie streicht sich ihre Füße ab, dreht den Wasserhahn zu. Ein Tannenzapfen plumpst auf den Boden. Eine Elster schreit. Einige unbekannte Vögel tschilpen. Ein fernes Flugzeug. Ein Mann auf einer Terrasse schreibt diese Worte hinten in ein Buch mit dem Titel *Das Orangenmädchen*.

Meine Frau streut nun Asche aus dem Kamin um soeben gepflanzte Pflanzen. Der Wind legt sich. Ein Hund bellt. Eine Taube gurrt. Ein früher Schmetterling taucht auf. Ich denke an einen Satz, den ich gerade gelesen habe. Wie kann man eine Raupe wiedererkennen, nachdem sie sich in einen Schmetterling verwandelt hat? Ich weiß es nicht. Ein Auto fährt ein Stück entfernt über einen Kiesweg. Ein Hahn kräht.

Das Buch, das ich lese, handelt von einem Jungen. Er findet zwölf Jahre nach dem Tod seines Vaters einen an ihn gerichteten Brief, in dem der Vater ihm einige Fragen stellt. Wie soll der Junge sie beantworten? Und an welche Adresse mailen oder verschicken?

Das frage ich mich. Ich habe das Buch noch nicht ausgelesen und bin gespannt, wohin der Sohn die Antworten, wenn er sie dann gefunden hat, schicken wird. Ich lese. Das Universum hat ungefähr fünfzehn Milliarden Jahre gebraucht, bis es so etwas Wesentliches wie ein Auge herstellen konnte, mit dem es sich selber sehen kann.

Ich sehe ein Foto von mir selbst im Nordischen Tageblatt. Jesses, was kriege ich für einen alten Kopf. Mein Haar ist fast weiß, so weiß wie das von meinem Vater. Ich habe dieselbe Spezies Sommersprossen und Altersflecken auf meinem kahlen Schädel. Braune Inseln und rosige Flecken. Scharfe Furchen auf meiner Stirn, eingemeißelte Falten. Meine Augenbrauen wachsen genau wie bei meinem Opa widerborstig in alle Richtungen. Meine Augen liegen in Höhlen, umringt von vielen Lachfalten. Die Nase scheint mit dem Älterwerden zu wachsen. Sie ist recht fleischig, übersät von unzähligen, winzigkleinen Poren. Zwei tiefe Furchen markieren meinen Mund. Dieser Teil meines Gesichts ähnelt merkwürdig stark dem des Schweizer Clowns Grock[25]. Das war ein außergewöhnlich ernster Mann, der, genau wie ich, Geige spielte. Jeder gute Clown hat ein Geheimnis und dieses Geheimnis ist, nicht zu offenbaren, dass er etwas kann. Das Tragische an dieser Situation, die in ein Lachen verkehrt wird, besteht darin, dass er sein Können nicht wirklich zum Ausdruck bringen kann. Er möchte es gern, es ist sogar Voraussetzung für seinen Auftritt, aber er kann es nicht. Äußere Umstände verhindern jedes Mal aufs Neue den Beweis. Das größte Hindernis dabei ist: niemand will es hören. Diese Ablehnung wird durch das Umfallen von allem um ihn herum symbolisiert. Würde der Clown machen können, was er will, würde er die Sterne vom Himmel streichen. Wir wären zu Tränen gerührt, aber dafür ist das Publikum nicht gekommen.

-59-
WEIHNACHTSKARTE

Ich bekam eine Weihnachtskarte mit einem elfenhaften Wesen, das über eine verschneite Landschaft flog und eine glitzernde Spur hinterließ. Weihnachtskarten werden nicht mehr wie in meiner Jugend als religiöse Botschaft wahrgenommen, sondern eher als ein wahrscheinlich aussterbender Akt sozialer Herzlichkeit. Das Wichtigste ist dabei heute, dass es schön cool aussieht. Ich habe ein paar Infos gegoogelt.

Karten mit verschneiten Landschaften und behaglichen Häuschen scheinen insgesamt dreiundfünfzig Prozent auszumachen, gefolgt von fünfundzwanzig Prozent Abbildungen von friedlichen Tieren. Der Rest sind Weihnachtsmänner und Engel. Ähnliche Prozentzahlen gelten für Neujahrskarten. Muss man das bedauern? Ich denke nicht. Wobei wir nicht vergessen dürfen, dass dieses kurzzeitige Aneinanderdenken niemals die Absicht der drei Menschen gewesen ist, mit denen das Fest einst begann.

Ich sollte früher auf der Grundschule im jährlichen Weihnachtspiel eine Christbaumkugel spielen und fand das unglaublich doof. Ich habe wirklich alles dafür getan, einen Elf spielen zu dürfen. Nach jeder Menge Fußgestampfe und vielen Tränen ist es dann auch geglückt. Ich bekam Flügel aus Gardinen, straff gespannt mit Eisendraht, ein weißes Kostüm aus maßgefertigten Kissenbezügen und eingestreuten Kunstschnee in meine Locken. Ich durfte von im Himmel schwebenden Engelchen singen und von *Glohohohohoria in Excelsis Deohohohohoho*. Nach dem Weihnachtsspiel bin ich dann auch als Elf ins Bett gegangen und am darauffolgenden Morgen in meinem flatterdünnen Kostüm über die Dezemberstraße zu meiner Oma geflogen.

„Eigentlich", so sagte sie damals, „haben Elfen grüne Augen. Aber einen Elf mit blauen Augen finde ich auch sehr hübsch."

In Irland, so las ich später irgendwann, als ich schon groß war, sind Elfen unentwegt auf der Suche nach Menschenkindern, die sie mit in ihr Elfenreich nehmen können. Auf der großen grünen Insel kann man manchmal beobachten, dass jemand mitten auf der Straße ein Kreuz schlägt, wenn er einem Menschen mit einem grünen und einem braunen Auge begegnet. Denn das wäre, so glauben die Iren, der Beweis, dass er oder sie einst als Menschenkind in die Hände von Elfen gefallen war. Wenn so jemand mit verschiedenfarbigen Augen stirbt, dann kommt er nicht in den Himmel oder die Hölle wie der ganze Rest von uns, sondern zu den verborgenen Elfenhügeln.

Das wird auch noch heute, in Zeiten des Internets, von so manchem Iren geglaubt.

-60-
AMADEUS

Ich mag es gern, mich zum Abendausklang mit angelehntem Rücken und beiden Beinen auf dem Tisch mit der Fernbedienung durch die gut tausend TV Kanäle zu zappen.

Gestern Abend blieb ich bei einem Natursender hängen. Dort sah ich einen Mann mit Bart und Stock, der, während er dann und wann einen Blutegel von seiner Haut abzog, von einer Krokodilsfarm irgendwo an der Küste Australiens erzählte. Dort, so stellte sich heraus, werden diese urzeitlichen Tiere mit ihren angsteinjagenden Augen für Taschen, Portemonnaies, Schuhe und die Industrie von Brillenetuis gezüchtet, so wie das bei uns um die Ecke in den Legebatterien mit Hühnern passiert. Die Krokodille liegen zu Hunderten ein-

gesperrt in Bassins, werden dreimal in der Woche mit totem Fleisch in maulgerechten Brocken gefüttert und wenn sie dann das ideale Taschenmaß erreicht haben, strategisch so totgeschossen, dass ihre Haut am geringsten beschädigt wird. Sie können nun raten, wohin. Danach werden sie gehäutet und hängen, ihrer Eingeweide entledigt, als Haut Couture an fahrenden Krokodilsstangen. Anschließend werden sie in brauchbare Stücke geschnitten, weltweit via DHL verschickt, umgearbeitet und von uns gekauft. Für Münzen und Füße, als Brillenbetten und für Einkäufe etc.
Geschmeidiges Leder von abschreckenden Kreaturen. Dass seine Haut so gut verwertbar und das australische Krokodil so besonders beliebt ist, hat alles in allem damit zu tun, wie sorgfältig diese Tiere gezüchtet wurden. Es scheint offensichtlich eine Kunst zu sein, vergleichbar mit der Herstellung von Wein. In Australien werden die Tiere, bevor sie gehäutet werden,

wie Fürsten behandelt. Ihre Unterkunft ist vergleichbar mit einem Vier-Sterne-Freibad mit Umkleideräumen. Nach der Mahlzeit dösen die Tiere stundenlang im Schatten und werden von künftigen Tierärzten an ihren weißen Bäuchen massiert. Die Erfahrung hat gelehrt, dass sie bei Musik von Mozart am besten entspannen, am wenigsten in Stress geraten. Stress ist desaströs für die Qualität der Haut. Wagner beispielsweise wirkt stresserhöhend. Wolfgang Amadeus Mozart wird von den Krokodilen am meisten geschätzt.

„Schau!", sage ich zu meinem Enkelsohn, während wir eine Dokumentation über Afrika ansehen. „Siehst du das gefährliche Krokodil da? Das liebt Mozart."
„Mozart?", fragte er.
„Ja. Mozart war ein Wunderkind. Als er so alt war wie du, konnte er fantastisch Klavier spielen. Er ist in sehr vielen Ländern aufgetreten."

„Opa? Und wurde der Mozart damals aufgefressen?"

Wenn etwas stattgefunden hat, ist es für ewig, denn es kann nie mehr nicht stattgefunden haben. Man kann es nie mehr ungeschehen machen.

Weiß der Baum, dass er wächst? Weiß der Stein, dass er liegt? Weiß die Blume, dass sie blüht? Weiß das Wasser, dass es rieselt? Weiß der Hund, dass er wedelt? Die Katze, dass sie schnurrt? Das Krokodil, dass es döst? Das Pferd, dass es wiehert? Wissen die Dinge, dass sie Dinge sind?

-61-
METAMORPHOSE

Tante Blanche ist siebenundneunzig. Tante Blanche weiß nicht mehr, dass sie unsere Tante ist.
„Wer ist da?", fragt sie, wenn sie sich selbst im Spiegel sieht.
Das Spiegelbild gibt keine Antwort.
„Wer spricht da?", fragt sie, wenn sie sich selbst reden hört.
„Wer bist du?", fragt sie den Stuhl. „Was stehst du da herum?"
Minutenlang kann sie ihre Hände beobachten, die sie dabei so langsam bewegt, wie Babys das tun.
„Sagen Sie, mein Herr", fragt sie ihren Sohn, „was machen Sie in diesem Haus?"

Von Gott weiß sie aber noch. Gott schlüpft durch die Gardinen. Frühmorgens. Gott scheint auf die Dinge. Gott schleicht lautlos durchs Zimmer. In Gott kannst du Staubkörnchen wirbeln sehen. Millionen und Abermillionen. Weiß das Sonnenlicht, dass es Gott ist? Der Schmetterling, dass er einmal eine Raupe war?

Die längste Zeitreise, die ein Mensch machen kann, ist die in seine frühe Jugend. Bis ungefähr zum Alter von drei Jahren. Noch frühere Erinnerungen bleiben nicht im Gedächtnis haften, weil unsere Hirnstrukturen für das Festhalten von konkreten Erinnerungen eines jüngeren Lebensalters scheinbar noch nicht hinreichend ausgereift sind. Was das betrifft, arbeitet das Gedächtnis einer Schmetterlingsart, die auf Tabaksblättern lebt, deutlich besser. Das Erinnerungsvermögen dieser Schmetterlinge geht bis in ihr vorheriges Leben als Raube zurück. Das ist bemerkenswert, weil sich durch die Umrüstung von der Raupe zum Schmetterling das Geschöpf kurzzeitig in eine Art Suppe verwandelt, worauf dann durch eine komplizierte Metamorphose ein Schmetterling entsteht. Dieser hat eine ganz andere Lebensweise als eine Raupe, eine andere Ernährung und ist abhängig von anderen sinnlichen Reizen. Forscher lehrten die Raupen einen bestimmten Duft zu vermeiden, indem sie ihnen bei dessen Anwesenheit einen leichten elektrischen Schock verabreichten.

Daraus folgte, dass entpuppte Schmetterlinge anschließend diesen Duft gleichermaßen mieden. Die Möglichkeit von Zeitreisen ist für Schmetterlinge allerdings auch begrenzt. Denn wenn die Geschöpfe jünger als drei Wochen sind und in dieser Zeit lernen, dass bestimmte Düfte gefährlich sein können, dann nehmen sie diese Botschaft nicht mit in ihr neues Leben.

Die Information selbst geht laut dem Harlemschen Schriftsteller Bomans jedoch nicht verloren. „Wissen Sie, dass auf Erden keine Energie verloren geht, sondern in etwas anderes verwandelt wird? Die Stimme von Napoleon ist also noch immer vorhanden, wenn auch in einer für uns jetzt unerklärlichen Form. Tante Blanche weiß noch von Napoleon. Ich kann mir vorstellen, dass die Energie seiner Stimme in der Zukunft wieder aufgefangen und in ihre ursprüngliche Schwingung zurückverwandelt werden kann. Wir werden dann die Stimme von Napoleon wieder hören können. Die bloße Tatsache, dass ich in der Lage bin, mir das vorzustellen, bedeutet, dass es auch geschehen kann."

-62-
RAMMBOCK

Die Sonne geht auf. Nebel hängt tief über dem Polder. Vögel beginnen zu zwitschern. Ein Specht drillt in einen Baum. Unter der Trauerweide kriegt Mama Mufflon ein Lämmchen. Es gleitet geräuschlos auf den Boden. Die Mutter leckt es ab. Einige Hirsche kommen neugierig schnuppern. Vater Schafbock bleibt auf Distanz. Schwester Mufflon zeigt keinerlei Interesse. Der Nebel hat sich verzogen. Die Sonne strahlt. Das soeben geborene Lämmchen steht wacklig auf seinen hohen Beinchen und läuft auf vorsichtigen Hufen durch das nasse Gras. „Wer ist denn das da?", denke ich, dass es denkt. Es läuft zu seinem Vater, schnuppert an seinem Hinterteil. Irritiert dreht sich der Bock um und stößt seinen gerade geborenen Sohn mit seinen gefährlichen Hörnern von sich weg.

Das Tierchen fliegt hoch durch die Luft und fällt zwei Meter weiter benommen auf die Erde. Ich befürchte, dass es nie wieder aufsteht, aber kurz darauf rappelt sich das Lämmchen wieder auf und taumelt zur Schwester seiner Mutter. Es schnuppert ihr unterm Bauch herum auf der Suche nach einer Zitze. Auch der Tante missfällt das. Sie rammt dem kleinen Tier in die Seite. Ein Schrei. Das Neugeborene fällt um und als es liegt, bohrt die Schaftante mit ihren spitzen Hörnern in den zerbrechlichen Lämmchenleib. Ich will über den Zaun springen und den Tieren einen Fußtritt verpassen. Wieder steht das Lämmchen auf. Wie ein Betrunkenes schwankt es nun zu seiner Mutter. Die beschnuppert kurz ihr Kind und grast dann gleichgültig weiter. Erneut läuft es zu seinem Vater.

„Mach das nicht!", rufe ich besorgt.

Ich befürchte, dass er es diesmal zu Tode rammt. Aber nein, es rappelt sich abermals auf und kriegt nun gleichzeitig auch nochmals die Hörner seiner Tante zu spüren. Nach ungefähr einer Stunde und einer kaputten Unterlippe hat das Lamm seine Lektion gelernt. Dasjenige Schaf, das es nicht wegstößt, ist seine Mutter. Dort gibt es Milch und warmen Schatten. Fünf Tage später. Die Sonne scheint. Ein kleines Mufflon bockt fröhlich über die Weide. Es kommt ihm nicht mehr in den Sinn, bei seinem Vater Milch zu suchen. Es läuft nicht mehr so mir nichts dir nichts einem Tier hinterher, das es nicht kennt.

Der Mann neben dem Loorbeerstrauch muss heute noch nach Antwerpen für einige Vorstellungen im Theater Arenberg. Er will wegfahren und zugleich auch nicht. Er bleibt gern daheim und geht gern weg. Das alte Dilemma.

In Antwerpen parke ich mein Auto vor der Tür des kleinen Hotels. Die Rezeptionistin hilft mir mit dem Gepäck. Mein

Zimmer ist noch nicht fertig. Ein Mädchen von den Philippinen ist noch mit dem Staubsauger beschäftigt. Als sie fertig ist, lege ich meine Hand auf ihre Schulter und danke ihr.

Nicht jedem behagt das. Ich bin ziemlich berührfreudig, umarme Menschen recht schnell, das habe ich von Zuhause. Meine Mutter konnte auch ganz einfach so die Hand von einer völlig fremden Frau anfassen, nur um zu fragen, wo sie jenes Kostüm gekauft hätte. Auch mein Vater war angenehm handgreiflich. Er mochte es gern jemandem vor lauter Lachen spontan auf die Schulter hauen und auch ich habe mit meinem genetischen Berührungstalent eigentlich noch nie Ärger bekommen.

Mein Auto stand noch immer ordentlich auf den Parkplatz vor dem Hotel in der engen Kaiserstraße. Es gibt dort für die Hotelgäste entlang des Gehweges reservier-

Herman van Veen – Für einen Kuss von Dir

ten Platz für zwei Fahrzeuge. Am nächsten Morgen wollte ich etwas aus meinem Auto holen. Jemand hatte seinen Wagen genau vor meinem abgestellt. So einen, den wir im Volksmund *Protzwagen* nennen. Solch ein Wagen ist sicherlich in den Pampas Argentiniens praktisch, aber für die historische Innenstadt Antwerpens wirklich etwas zu monströs.

Der Besitzer dieses Kolosses erwies sich als aufgeregt telefonierende Frau, die unter ihrer Kofferraumhaube mit jemandem in ihrem Handy diskutierte, derweil sie mit der rechten Hand Notizen auf ein Zettelchen machte. Als sie mich aus dem Augenwinkel sah, gab sie mir die Anweisung, mein Auto augenblicklich wegzufahren, denn sie könne sonst nicht herausfahren. Meines Erachtens kommt man mit einem solchen Traktor überall heraus und über alles hinweg, sogar über mein bescheidenes Personenfahrzeug.

Ich sagte höflich zu ihr: „Meine Dame, der Gehweg ist doch keine fünf Zentimeter hoch, da kommen Sie doch vorwärts leicht drüber. Ihre Augen sprühten Feuer.
„Fahren Sie sofort Ihr Auto weg, Herr!", schnauzte sie mich an. Ich klingelte am Hotel, weil meine Autoschlüssel noch an der Rezeption lagen. Die Rezeptionistin öffnete. Sie sah das gewaltige Auto auf dem Hotelparkplatz stehen.
„Ist sie hier Gast?", fragte ich.
„Nein, sie darf da nicht stehen."
„Würden Sie mir bitte mal kurz meine Autoschlüssel geben?"

Während sie ging, um meine Schlüssel aus meinem Fach zu holen, lief ich zu der noch immer telefonierenden Dame, legte meine Hand auf ihre Schulter und sagte ihr, dass ich mein Auto gleich wegfahren würde. Sie sprang nach hinten und schrie kreischend, dass ich ihr gefälligst fern bleiben solle. „Fassen Sie mich nicht an! Fassen

Herman van Veen – Für einen Kuss von Dir

Sie mich nicht an!" Ich erschrak beinahe zu Tode. Ein Mann auf einem Fahrrad schaute mich an, als ob ich jemanden vergewaltigt hätte. Ein Fußgänger schüttelte den Kopf. Die Frau wetterte wie ein Truthahn. Je sanfter ich versuchte, sie zu beruhigen, umso lauter schrie sie.

Ich musste plötzlich furchtbar lachen und wurde gleichzeitig zur Weißglut. Das geschah noch niemals zuvor. Meine Schläfen hämmerten. Ich bin wirklich kaum böse zu kriegen. Ich glaube, das letzte Mal war das 1956, als jemand meinen Kreisel gestohlen hatte und zwanzig Jahre später auch mal auf dich. Ich hatte plötzlich das Verlangen – die Mufflons noch auf meiner Netzhaut – der Frau ernsthaft einen gewaltigen Tritt zu versetzen. Über diese Anwandlung war ich so erstaunt, dass mir Tränen in die Augen schossen. Wie wenig ist doch nötig, um einen friedlichen älteren Mann in einen Rammbock zu verwandeln.

Die Empfangsdame kam mit meinem Autoschlüssel heraus. Ich parkte mein Auto um. Der Kreischfrau stieg in ihren Wagen und raste die Straße hinunter. Verdattert schauten wir ihr hinterher.

„Man stelle sich nur vor, ich hätte ihr wirklich eine verabreicht", sagte ich offenbar laut.

„Aber das haben Sie nicht", sagte die Rezeptionistin lachend.

-63-
Haben Sie *Das Kapital* von Karl May?

Meine Tante Gé, die Schwester meines Vaters, arbeitete, als ich zirka zwölf Jahre alt war, in der öffentlichen Bibliothek hinter dem Dom in Utrecht. Ich durfte da jederzeit gerne hinkommen, um zwischen den Bücherregalen zu schnüffeln. Ich holte mir von den durchhängenden Regalen mit Vorliebe geheimnisvolle Bücher, immer auf der Suche nach für Kinderaugen ungeeigneten Wörtern, Sätzen, Passagen und Bildern. Viele dieser Bücher hätte ich besser zugeschlagen lassen sollen, denn oft bekam ich davon schlimme Träume.

Ich dachte heute wieder an die Bibliothek meiner Tante Gé, als ich das Buch *Lady Shatterhands Lover und andere Indianergeschichten* las, eine Publikation von Mediathekar Larry Iburg. Es ist ein Werk voll mit heiteren Vorfällen aus Bibliothek und Buchhandlung.

Ein zehnjähriger Junge fragte eine Bibliothekarin: „Fräulein, haben Sie etwas über Safer Sex und AIDS?" Die Frau gab ihm eine Broschüre, worauf der Junge leise sagte: „Wissen Sie, es ist eigentlich für meine Schwester, aber die wagt sich nicht zu fragen. Da wird sie nämlich rot. Sie steht dort, die mit dem roten Mantel. Aber ich traue mich, alles zu fragen."

Die Bibliothekarin holte daraufhin eine andere Broschüre aus der Schublade, worauf der Junge begeistert durch die Bibliothek rief: „Rita, ich hab' eine Broschüre über Safer Sex und AIDS!" Und Ritas Kopf nahm die Farbe ihrer Jacke an.

Ein anderer Junge fragte: „Haben Sie hier auch ein Buch, in dem steht, dass ich intelligenter bin als die anderen Kinder in meiner Klasse?"

Mein Enkelsohn ist erkältet und hat eine schlimme Ohrenentzündung. Das ist ein hässlicher Schmerz. Er liegt im sogenannten Kaminzimmer auf dem Sofa unter einer Wolldecke und liest *Tim und Struppi – Der Schatz Rackhams des Roten*. In dem Comic wird über die nächste Reise des Trawlers Sirius diskutiert. „Obwohl über den Zweck der Reise tiefstes Stillschweigen vereinbart wurde, sollte es, falls die Vermutungen richtig liegen, um das Aufspüren eines Schatzes gehen. Dieser Schatz gehörte dem roten Piraten Rackham und befand sich an Bord der 'Einhorn', einem Schiff, dem nachgesagt wurde, dass es Ende des siebzehnten Jahrhunderts gesunken sei. Der berühmte Reporter Tim und sein Freund Kapitän Haddock sind in der Lage, den genauen Standort des Schiffes zu bestimmen."

Ich habe das Buch als Junge so oft gelesen, dass ich die Worte beinahe auswendig kenne. Es ist berührend, den Enkelsohn in einem Comic blättern zu sehen, den man sich selbst einst von jemandem ausgeliehen und leider versehentlich vergessen hatte, zurückzugeben. Als ob die Vergangenheit nicht mehr von einem selbst wäre. Ich erkenne meine eigene Erfahrung in dem kleinen Kerl da auf dem Sofa wieder. Nicht nur das Buch, sondern auch das Erlebnis selbst scheint geliehen. Man gibt es nun an den Enkelsohn zurück.

Höre in Gedanken meine Mutter wieder sagen: „Vielleicht sollten wir noch ein wenig Lebertran in dein Ohr träufeln? Soll ich noch ein paar Kohlen ins Feuer geben? Magst du Tee oder lieber heiße Schokolade? Du wirst sehen, morgen ist es vorüber!"

„Von wegen, tausend Bomben und Granaten! Morgen ist gar nix vorbei!"

Herman van Veen – Für einen Kuss von Dir

Das Buch ist zu Ende. Ob ich noch ein anderes Buch hätte, fragt mein Enkel. Ich hebe ihn auf meinen Schoß und erzähle: „Oben, auf der Spitze des Weihnachtsbaums, stand ein Engel. Wie er dahin gekommen war, daran konnte er sich beim besten Willen nicht mehr erinnern. Er hatte lediglich noch eine ungefähre Erinnerung an einen engen, dunklen Raum, aus dem er plötzlich von einer kleinen Hand in ein Meer von Licht gehoben worden war. So muss es sein, wenn man geboren wird. Und von diesem Moment an war er immerzu glücklich. Dieses *immerzu* hatte eigentlich nur einen Abend angedauert, aber für einen Weihnachtsengel ist das eine Ewigkeit. Er wusste zu dem Zeitpunkt noch nicht, dass das Weihnachtsfest nur einen einzigen Abend andauert und dass dieser Abend auch beinahe schon vorüber war. Er wiegte sich, mit einem Dosenverschluss am Baum befestigt, sanft hin und her und schaute durch seine Glasflügel auf die Lichter der Kerzen, die unter ihm brannten. Auf einmal verlosch eine Kerze. Und noch eine und noch eine. Es wurde immer dunkler um ihn herum und zuletzt sah er nichts anderes als schwarze Nacht. Zunächst glaubte er, dass das vielleicht ein Spaß wäre, aber als es dunkel blieb, fragte er sich: „Hätte ich vielleicht doch wachsamer sein sollen, als es noch hell war? Jetzt weiß ich es! Aber nun ist es zu spät... Ach Unsinn. Ich hab das Licht gesehen, also ist es nicht zu spät. Denn ich habe jetzt meine Erinnerung."

Mein Enkelsohn ist eingeschlafen. Ich bleibe sitzen, um ihn nicht zu wecken und versuche mir zu merken, was ich gleich aufschreiben will.

Jetzt, da vor Weihnachten wieder von Frieden auf Erden und der Menschen Wohlgefallen gesungen wird und man vor einem Kindlein in der Krippe, einem Vater mit

Herman van Veen – Für einen Kuss von Dir

Hut und einer Mutter mit Kopftuch kniet, jetzt, wo die Menschen einander frohe Festtage und Fröhlichkeit wünschen, Feuer und Kerzen angezündet werden, jeder zu jedem zu Besuch geht und über die Arbeit, Nachbarn, Omas und Opas plaudert und auch über das, was so in der Zeitung und im Fernsehen berichtet wird, jetzt, da es jedermanns Vorhaben ist, es im kommenden Jahr auf jeden Fall anders oder besser zu machen oder es zu erhoffen oder dafür zu beten, dann, ja vor allem dann kann man es sehen, wenn auch nur in den Wunderkerzen, im Funkeln der Weihnachtskugeln oder in zwei Minuten stiller Nacht...

Weiter komme ich nicht. Ich denke an das, was Wannes van der Velde einst aufschrieb: „Ich glaube an das grundsätzlich Gute der menschlichen Rasse." Lieder wie silberne Glöckchen, *The angels sing*. Sind wir so naiv? Das kann nicht sein. Nach Auschwitz wissen wir, dass Gewalt das letzte Wort hat. Der Kindermord aus den alten Büchern ist eine folkloristische Anekdote im Vergleich zu den Massakern, die heute stattfinden. Näher vor unserer Haustür, als wir es zu denken wagen. Wir verüben Selbstmord, aber wir hoffen auf die Gnade des Heilands, der das sicher bereinigen wird und in dessen Namen wir einstweilen unsere Brüder und Schwestern in ihrem eigenen Blut ertränken. Es ist doch zum Krankwerden.

Mein Enkelsohn ist aufgewacht. In seinen Augen sehe ich die Lichter des Weihnachtsbaums.

-64-
GLÜCKLICHES NEUES JAHR

Ich wünsche vor allem beste Gesundheit und dass Sie viele Menschen lieben können und dass viele Menschen Sie lieben.

Ich wünsche Ihnen ein Land, in dem Sie in Frieden wohnen und die Arbeit verrichten können, die sie mögen. Einen Ort, an dem Sie sicher über die Straße gehen können, wo die Städte nachts der Nacht gehören und der Himmel nicht bis zum ersten Hahnenschrei von Neonlicht beleuchtet wird.

Ich wünsche Ihnen ein Haus, wo Sie mit all Ihren Lieben am Küchentisch sitzen können und ein Fenster mit Aussicht auf einen Horizont haben.

Herman van Veen – Für einen Kuss von Dir

Ich wünsche Ihnen Weisheit und Frohsinn und ein Lächeln beim Betrachten bunter Kinderzeichnungen oder Gemälden, beim Hören von Musik, beim Lesen eines Buches.

Ich wünsche Ihnen rauschende Bäume, blühende Blumen, akzeptierbar viele Mücken, klares Wasser im Bach und einen schwanzwedelnden Hund, wenn Sie nach Hause kommen.

Ich wünsche Ihnen, dass Sie von Bedeutung sein mögen für einen Menschen in Not, dass Sie Zeuge einer unerklärbaren Verzauberung oder eines großartigen Missverständnisses sein dürfen.

Ich wünsche Ihnen ein Haus mit oder ohne Kreuz, wo Sie in Frieden Ihren Gott ehren können.

Ich wünsche Ihnen, dass Sie nicht heute schon enttäuscht von morgen sind.

Hochachtungsvoll,

Herman van Veen

Herman van Veen – Für einen Kuss von Dir

Vermerke

[1] Aus *Reading in the Dark* von Seamus Deane. page 15

[2] *Vader*, Text und Musik von Willem Vermandere. page 36

[3] Toon, mein Cousin, Tonnie Koning, auch bekannt als Tonio the King. page 45

[4] Miles Dewey Davis III (* 26. Mai 1926 in Alton, Illinois; † 28. September 1991 in Santa Monica, Kalifornien) war ein US-amerikanischer Jazz-Trompeter, Flügelhornist, Komponist und Bandleader. Er wird von mehreren Experten als einer der einflussreichsten, innovativsten und originellsten Musiker des Zwanzigsten Jahrhunderts angesehen. Davis spielte neben Musikern wie Louis Armstrong, Duke Ellington und John Coltrane ein große Rolle in der Geschichte des

Jazz. Er spielte verschiedene Stile wie Bebop, Cool Jazz, Modal Jazz und Jazz-Rock-Fusion. Miles war eine Schlüsselfigur in der Entwicklung der drei letztgenannten Stile. Als Ergebnis wurde Miles der Picasso des Jazz genannt. Davis wurde 65. Er starb an einem Herzinfarkt und wurde auf dem Woodlawn Cemetery in der Bronx, New York beigesetzt. page 45

[5] Bernard "Buddy" Rich (* 30 September 1917; † 02. April 1987) war ein amerikanischer Jazz-Schlagzeuger und Bandleader. Rich wurde als der weltbeste Schlagzeuger bezeichnet und war bekannt für seine virtuose Technik, seine Kraft, Groove und Geschwindigkeit. page 45

[6] Zwei Sätze aus *De kleine zeemeermin* von M. Vasalis. page 51

[7] *The way it is* von James Brockway. page 54

[8] Rudi Carrell, Künstlername von Rudolf Wijbrand Kesselaar (*Alkmaar, 19. Dezember 1934;

Herman van Veen – Für einen Kuss von Dir

† in Bremen, 7. Juli 2006) war ein niederländischer Entertainer, Sänger, Showmaster, Film-produzent und Schauspieler. Als TV-Persönlichkeit wurde er vor allem in Deutschland sehr populär. Einige bemerkenswerte Zitate: „Ich habe bewiesen, dass die Deutschen Humor haben" „Ich glaube nicht an ein Leben nach dem Tod. Wenn ich tot bin, ist es vorbei. Mein Leben war aufregend genug. Die Tatsache, dass ich hier heute Abend sein kann, verdanke ich vor allem meiner Krankenversicherung, dem Klinikum Bremen-Ost und der deutschen Pharmaindustrie." (bei der Über-reichung der Goldene Kamera 2006).

page 57

[9] Arnon Grunberg (offiziell: ArnonYashaYves Grünberg, Amsterdam, 22. Februari 1971) ist ein niederländischer Schriftsteller jüdischer Herkunft. Er schreibt meist unter dem Namen Arnon Grunberg, aber machte auch einige Zeit Gebrauch von dem Heteronym Marek van der Jagt. Seit 29. März 2010 schreibt er eine tägliche Kolumne auf der Titelseite der Volkskrant.

Grunberg stammt aus einer Familie, die schwer durch den Zweiten Weltkrieg traumatisiert wurde. Seine Mutter überlebte Auschwitz, sein Vater musste ununterbrochen untertauchen. page 59

[10] Aus *Waar de dauw het land beschrijft* von Eva Schuurman. page 60

[11] Traditionelles Afrikaans Regengebet, übersetzt von André Brink, dt. Sabine C. Richter. page 102

[12] Die, die sich vertiefen, in das, was ein Märchen mitzuteilen hat, wird wie ein stilles, tiefes Wasser, dass zunächst den Anschein hat, unsere eigene Erscheinung zu spiegeln. Aber dahinter werden wir rasch des inneren Aufruhrs unserer Seele gewahr. page 107

[13] *Als Snip niet snapt van Snap snapt*, Text von Jacques van Tol, Musik von John Brookhouse McCarthy, geschrieben für das Komikerduo Snip en Snap, das aus Willy Walden und Piet Muijselaar bestand, die mit ihrer Revue in der Zeit von

Herman van Veen – Für einen Kuss von Dir

1937-1977 für volle Häuser sorgten.
Das Original von Tim und Tom lautete so:

> Want Snip snapt niet wat Snap snapt.
> En Snap snapt niet wat Snip snapt.
> Als Snip Snap snapt en Snap snapt Snip,
> verdwijnt het Snip en Snap begrip.
> Maar Snip snapt niet wat Snap snapt
> en Snap snapt niet wat Snip snapt.
> Als Snap Snip snapt en Snip snapt Snap,
> doen Snip en Snap geen klap. page 113

[14] The never ending story (Originaltitel: Die unendliche Geschichte) ist ein Buch vom deutschen Schriftsteller Michael Ende. Das Buch wurde 1979 herausgegeben, in verschiedene Sprachen übersetzt und 1984 verfilmt. page 119

[15] Gedicht von Bernard Dewulf. page 148

[16] Fragment aus In de stal, Text Willem Wilmink, Musik Herman van Veen. page 153

[17] Aus *Is dit een mens?* von Primo Levi. page 160

[18] Frei nach einem alten Mechelner Vers. page 173

[19] Fragment aus dem Gedicht *De Plek* von Herman de Conink. page 178

[20] Aus *Schaduwkind* van P.F. Thomése. page 182

[21] M. Vasalis – *Über das Meer*. page 183

[22] Am 5. Januar 1904 meldete Elizabeth Magie Phillips das Spiel unter dem Namen *The Landlord's Game* zum Patent an und ging damit zu den Parker Brothers, einem Spielwarenfabrikanten, aber das Spiel wurde abgewiesen. Charles Darrow, ein arbeitsloser Heizungsmonteur aus den Vereinigten Staaten soll Monopoly 1934 entwickelt haben, das Spiel, das wir heute als Monopoly kennen. Er benutzte *Landlord's Game* als Vorbild für Monopoly. Darrow ging ebenfalls zu Parker Brothers, aber auch sein Spiel wiesen sie ab. Er ließ es im Jahre 1934 (mit Hilfe eines be-

freundeten Druckers) 5000 Spiele für Kaufhaus in Philadelphia drucken. Diese wurden rasendschnell verkauft. Ein Jahr später, zeigte Parker Brothers nun doch Interesse. Charles B. Darrow starb als Multimillionär. Auch Parker Brothers wurde davon nicht ärmer. Im ersten Jahr der Produktion wurden mehr als eine Million Exemplare verkauft. Der britische Spielzeugfabrikant Waddington war selben Jahr begeistert. Und so ging Monopoly um die ganze Welt. Seit 1935 ist es das meistverkaufte Brettspiel der Welt (rund 200 Millionen Exemplare). Es gibt viele Varianten und ist in 26 Sprachen erschienen. page 189

[23] Text von Heinrich Heine. page 209

[24] 1864 geschrieben vom französischen Dichter Alfred de Vigny. page 217

[25] Grock der Clown, tatsächlicher Name: Charles Adrien Wettach (*10. Januar 1880 in Loveresse, Schweiz; † 14 Juli 1959 Imperia Italien) war ein berühmter Akrobat, Musiker, Clown und Kom-

ponist. Er war der Sohn eines jüdischen Vaters, Jean Adolphe Wettach und der Mutter Cecile Péquegnat. Er beherrschte 15 Instrumente und spielte virtuos Violine, Klavier und Konzertina. Riesige Schlappschuhe, riesige Schlabberhose und winzige Instrumente waren seine Markenzeichen ebenso wie sein in allen Tonarten hervorgebrachtes «Waruuuuuum?», gefolgt von einem «Nit möööööglich!», ausgestoßen in vollster Naivität und bodenlosem Erstaunen. page 255

Herman van Veen – Für einen Kuss von Dir

Herman van Veen – Für einen Kuss von Dir

Personenregister

A

Afellay, Ibrahim	234
Aissatti	234
Alberti, Willy	68
Albrecht, Jochen	202
Armstrong, Louis	97, 289
Asterix	212
Atatürk, Mustafa Kemal Pascha	226

B

Babel, Ryan	234
Behr, Benny	69
Berg-de Graaf, Emanuelle ten	172
Bertha, Die dicke	38
Blaaser, Jan	69
Blanche, Tante	265, 268
Bomans, Godfried	90, 96, 219, 267
Bonaparte, Kaiser Napoleon	268
Boone, Pat	97
Bosch, Hieronymus	216
Bos, Fräulein	23
Botticelli, Sandro	82
Boukje	228
Brahms, Johannes	212
Brel, Jacques	163
Brightman, Sarah	136
Brink, Andre	104
Brink, André	292
Brockway, James	290
Buddha	151

C

Caesar, Julius	213
Campert, Remco	22
Carrell, André	68
Carrell, Rudi	57, 69, 290
Castro, Fidel	90
Chaplin, Charlie	25, 26, 27
Chaplin, Victoria	28
Cherusker, Hermann der	212
Christus, Jesus	151, 205
Coltrane, John	289
Crapellie, Stephane	69

D

Darrow, Charles B.	294, 295
Darwin, Charles	47, 238
da Vinci, Leonardo	82
Davis, Miles	45, 289, 290
Dawkins, Richard	48
Day, Doris	97
Deane, Seamus	289
de Conink, Herman	294
de Jonge, Freek	26
de Reuver, Annie	67
de Vigny, Alfred	295
Dewulf, Bernard	293
Diamond, Jared	48
Dorrestein, Barbara	205, 206
Droogleever Fortuyn, Maria	90
Duck, Donald	239

E

Ellington, Duke	289
Ende, Michael	293
Ernst-Friedrich, von Kretschmann	171

F
Frans, Onkel	114, 116, 118
Freiligrath, Ferdinand	212

G
Gaetan, wallonische	135, 136
Gé, Tante	277
Goethe, Johann Wolfgang von	91
Gorbatschow, Michael	202
Gott	30, 39, 40, 47, 82, 104, 115, 125, 136, 155, 156, 157, 158, 165, 193, 194, 195, 197, 198, 237, 238, 246, 265, 266, 286
Grock	255, 295
Grunberg, Arnon	59, 291

H
Haddock, Kapitän	279
Hawking, Stephen	125
Heine, Heinrich	295
Hendriks, Roger	4
Hermans, Toon	67, 91, 92, 155
Herzog, Werner	64

I
Iburg, Larry	278

J
James, William	74
Jansen, Lehrerin	152
Jans, Tante	96
Jintao, Hu	200
Johannes, Bruder	134

K
Khamenei, Ajatollah Ali	225
Kiatula, Denis	136

Klöters, Jacques	93
Koning, Tonnie	44, 289
Kunze, Heinz Rudolf	203
Kurzmann, Aloïs	202
Kwak, Alfred Jodocus	138, 139

L

Langhout, Fräulein	23
Leerkes, Edith	56
Levi, Primo	294
Lynn, Vera	97

M

Manders, Tom	68
Maria	124, 135, 205
Mark	72
Matthäus	136
Matthezing, Patricia	138, 139, 140, 141
Maus, Minnie	239
May, Karl	277
McCarthy, John Brookhouse	292
Meerbaum-Eisinger, Selma	83
Messer, Mackie	214
Michelangelo	82
Milan	72
Mohammed	151
Mozart, Wolfgang Amadeus	228, 263, 264
Muijselaar, Piet	292
Mulisch, Harry	90
Müller-Guttenbrunn, Herbert	58

N

Nightingale, Florence	212
Nijveen, Sem	69
Nurejew, Rudolf	192

O
Obama, Barack	27, 194

P
Pahlavi, Sjah Mohammed Reza	226
Paulus	136
Péquegnat, Cecile	296
Phillips, Elizabeth Magie	294
Piaf, Edith	97
Picasso, Pablo	290
Pierrot	151
Piet	31
Pluto	239
Poptie, Frans	68, 69, 70
Potter, Harry	195

R
Raffael	82
Ras, Pim	4
Ravel, Maurice	222
Rich, Buddy	45, 290
Richter, Sabine Carolin	3, 4, 292
Rita	278
Ronaldinho	39
Rosenberg, Stochelo	69
Rotkäppchen	219

S
Schneider, Romy	214
Scholten, Kim	205, 206
Schubert, Franz	85
Schuldenvrij, Hannah	99, 100
Schuldenvrij, Herr	99, 100
Schuurman, Eva	292
Selilo, Jan	103
Sinatra, Frank	97

Sissi, Kaiserin	142, 215
Snijder, Dr.	207
Stephanie, flämische	135
Stewart, Rod	115
Struppi	279

T

Tailleur, Max	69
Thiérrée, James	26, 27, 28
Thomése, P.F.	294
Tim	113, 279
Tom	113
Toonder, Marten	50
Truus	31
Tse-Tung, Mao	200
Tsui-Goab	102, 104, 105

V

van Beusekom, Frau	20
van der Wurff, Erik	66
van Duinen, Maarten	227
van Rooyen, Laurens	66
van Tol, Jacques	292
van Veen-Bouchez, Gaëtane	135, 206
van Veen, Frau	20
van Veen, Jan	166, 167
Vasalis, M.	290, 294
Verhoef, Alberdina	115
Verleyen, Frans Sus	225
Vermandere, Willem	289
von Kretschmann, Sylvia	171

W

Wagner, Richard	263
Walden, Gerard	67
Walden, Willy	292

Wettach, Charles Adrien	295
Wettach, Jean Adolphe	296
Wilde, Oscar	239
Wilmink, Willem	293
Wim, Onkel	96, 97

Z

Zadek, Peter	215
zur Lippe, Pauline	212

Herman van Veen – Für einen Kuss von Dir

Biografie

Hermannus (Herman) Jantinus van Veen, *(Utrecht, 14. März 1945) ist ein niederländischer Künstler. Er spielt Geige, singt, schreibt, komponiert, schauspielt, führt Regie, malt und ist aktiver Verteidiger der Kinderrechte.*

Er wuchs als einziger Junge in einer Arbeiterfamilie auf und studierte am Utrechter Konservatorium Geige, Gesang und Musikpädagogik.

1965 gab er sein Theaterdebüt mit dem musikalisch-clownesken Soloprogramm *Harlekijn*. Seither reist er um die Welt und spielt seine Vorstellungen in vier Sprachen. Er wurde der geistige Vater von Alfred Jodocus Kwak, einem tapferen Wasserland-Entchen, das durch eine 52teilige Fernsehserie weltweit zu einem Begriff wurde.

Von seiner Hand erschienen bis heute 175 CDS, 21 DVDS, um die 70 Bücher, dutzende Drehbücher, unter anderem für die Spielfilme *Uit elkaar* und *Nachtvlinder* sowie für die Musiktheatervorstellungen *Jukebox, die Kamerrevue, Lune, The First Lady* (gemeinsam mit Lori Spee), *Chanson de Daniel, Mata Hari, Windekind, Een Dag in September* und *Juliette.*

Seit seinem 17. Lebensjahr ist er in Folge Ehrenamtlicher, Vorstandsmitglied und Goodwill-Botschafter von UNICEF. Zudem gründete er verschiedene Organisationen, darunter die Stiftung Colombine, die Stiftung Alfred Jodocus Kwak, die Stiftung Roos und die Herman van Veen Foundation. All diese Organisationen setzen sich für die Rechte des Kindes ein und bitten um Aufmerksamkeit mittels Wissensvermittlung und bescheidener Projekte in Entwicklungsländern und Europa.

Herman van Veen – Für einen Kuss von Dir

Herman ist Träger des Louis Davidsrings, den er 1976 aus den Händen von Wim Kan empfangen durfte. 1993 wurde er durch die Königin zum Ritter des Ordens von Oranje Nassau geschlagen. 1999 bekam er im Namen des deutschen Bundespräsidenten das Verdienstkreuz am Bande des Verdienstordens für seine besonderen Verdienste um die deutsch-niederländischen Beziehungen. 2008 wurde Herman königlich zum Ritter im Orden des Niederländischen Löwen ernannt. Die Freie Universität Brüssel verlieh ihm Ende 2009 ein Ehrendoktorat als Zeichen der Würdigung seiner internationale Karriere und sein gesellschaftlichen Engagements.

Er empfing die Goldenen Kamera (Alfred Jodocus Kwak), einen Silbernen Bären (Berliner Filmfestival), acht Edisons, den Radio 2 Zendtijdpris 2002, den Prix d'Humanité, den Grand Prix de l'Académie Charles Cros de Littérature Musicale 2003 für die Theatervorstellung und die CD *Chapeau*, den Prix de l'Organisation Internationale de la Francophonie 2003 für die CD *Chapeau* und diverse Preisen bei The International TV- und Filmfestival in New York. Am 14. März 2010 erhielt Herman van Veen den Edison Oeuvrepreis Kleinkunst für sein enormes Gesamtwerk, sein Geigenspiel und seine außergewöhnlichen Verdienste um die niederländische Musik. Im Jahre 2012 empfing er den Münchhausen-Preis.

Im Jahre 2004 wurde ihm die World Peace Flame überreicht, ein Symbol für Frieden, Freiheit, Einheit und Wahrheit, inspiriert von der ewigen Flamme, die im Hause von Mahatma Gandhi brennt. Der Club von Budapest verlieh van Veen 2005 den Planetary Consciousness Award, eine Ehrung, die auch Michail Gorbatschow und Nelson Mandela zuteil wurde. Im selben Jahr erhielt er aus den Händen von Sabine Christiansen die Martin-Buber-Plakette 2005 für die Art und Weise, wie er sich mit Respekt und Liebe um die Mitmenschen bemüht. Diese, im Jahre 2002 ins Leben gerufene, Auszeichnung wurde zum ersten Mal Altbundeskanzler Helmut Schmidt und 2007 der Menschenrechtaktivistin und Topmodell Waris Dirie verliehen. Im Jahre 2012 wurde Herman van Veen in Würdigung seines Engagements für die Menschenrechte und das Wohlbefinden des Kindes in unserer Gesellschaft von der Martin-Buber-Universität Brüssel/Kerkrade zum Professor honoris causa ernannt.

Nach dem Tod seiner Eltern hat Herman van Veen angefangen zu Malen. Er erschafft vorwiegend monochrom abstrakte Werke, Bilder, die in einer Anzahl europäischer Galerien und Museen zu sehen sind.

Im Februar 2008 wurde eine niederländische Briefmarke von ihm herausgebracht.

Herman van Veen – Für einen Kuss von Dir

Seit dem Frühling 2010 ist in den Niederlanden eine Rose nach ihm benannt, ein Meilenstein, der – nach eigener Aussage – die Hälfte seines Lebens markiert.